黒猫の剣士
~ブラックなパーティを辞めたら
S級冒険者にスカウトされました。
今さら「戻ってきて」と言われても
「もう遅い」です~
妹尾尻尾
Illust.
石田あきら

冒険者パーティ
【紅《く》鷹《おう》】
ダリア
大陸最強の攻撃魔術師であり、S級冒険者。通称【閃紅】のダリア。ナインをパーティにスカウトする。
ナイン
魔力値が限りなくゼロに近いことから【無能】と蔑まれる冒険者の少年。しかし、その秘めたる実力は…!?

ユージン
最強パーティ【紅鷹】を統べるリーダー。回復・補助・攻撃を担当する万能の魔術師。
リンダ
超長距離観測と情報処理に長けた眼鏡《グラス》が特徴の援護魔術師。ダリアとは姉妹のような関係。

そうして、星を見上げる。
「さらに上を目指すんだ。
誰も登ってこられない場所へ、
誰も辿り着けない星の彼方へ、
私たちが行くんだ」
ベーベルから見える
星空を仰いでいたダリアが、
ナインに視線を戻した。

きらきらと、
宝石《ルビー》のような
瞳を輝かせて、ダリアが頷く。
「私たちなら、
この世界で一番になれる」

――七星剣武・
月《げっ》花《か》雪《せつ》迅《じん》剣《けん》。
雪原のようなその世界で、
まるで花が咲くように、
竜の血がしぶきとなって舞い散った。

二度と逃がしはしない。
ダリアが、リンダが、ユージンが。
あのS級冒険者たちが『無能』の自分に
託してくれた最後の一手、
その寄せられた信頼に応えるため、
自分は、竜を斬る。
踏み込んだ右足に力を入れる。
『天雪』の解除と同時に『地迅』を使い、
さらにあらゆる魔術を破る
『斬魔』を浴びせる複合剣技、

Contents

ダッシュエックス文庫

黒猫の剣士

～ブラックなパーティを辞めたらS級冒険者にスカウトされました。
今さら「戻ってきて」と言われても「もう遅い」です～

妹尾尻尾

七女神《プレイアデス》の武器を手にした『勇者』が世界を滅ぼさんとする〝竜〟に反撃の狼煙《のろし》を上げ、彼の血を引く聖女が神龍バハムートと共に邪竜たちを退《しりぞ》けてから、およそ百年の歳月が経過してもまだ、大陸は〝竜〟と『冒険者』が争う戦場だった。

☆

アルメニカ大陸。

バルベリオン王国領。

ベーベルの街。

……とある宿屋の一室。

「もう辞《や》めます！」

我慢の限界だった。

ナインは、彼を拾ったパーティの面々に向かって、そう宣言した。

☆

遡《さかのぼ》ること数十分前。

夜闇の中で、少年はパンツと格闘していた。

仲間の、それも男のパンツである。

風呂にも使えそうなほどデカい桶《おけ》、老婆のあばら骨のような長い洗濯板、ぜんぜん泡立たない石鹸《せっけん》と、針金を束ねただけのたわしを駆使して、ごしごしごしごしと男のパンツを擦《こす》っている。その隣には、大量の擦り終えた洗濯物と、その倍はあるいまだ擦られていない洗濯物が山となって少年の心を折ろうとしている。

この魔術全盛の時代に、この冒険者向けの安宿は、洗濯器ひとつ設置していないらしい。魔石に魔力を注げば風の精霊と火の精霊と水の精霊の力を無駄遣《づか》いして人間の代わりに衣服を清らかにしてくれるという大変便利な魔術文明の利器を、この宿は導入していないのだ。

——まぁ、あっても使えないいんだけど。

と、少年は思う。思いながら手を動かす。

魔石を使うには魔力が必要であり、そして自分はその魔力がほぼ、

「坊主、旦那がお呼びだよ」

思考の途中で後ろから声をかけられた。洗濯器を導入しない張本人、つまりこの宿の主人である。

「アイラス様が？」

坊主と呼ばれた彼が振り返る。黒い短髪に、黒い瞳。幼さが残る顔には石鹸がついている。

ナイン、十五歳。

冒険者、二カ月目。

魔力値、限りなくゼロに近い1。

冒険者ランク、最低のF。

通称――『無能』。

パーティにおける役割は、洗濯、掃除、装備の調整、宿の手配、雑用、そして前衛《アタッカー》。

ダンジョンから帰ってきて、夕食も摂《と》らず《ふ》にパーティ全員分の武具の整備やアイテムの整理などをこなしていたら、すっかり夜も更けてしまった。時計の針は一日の終わりを指そうとしている。

この洗濯が終わればやっと眠れる……そう思っていたところに、リーダーであるアイラスに

呼び出されたのだった。たわしを脇に置いて、

「ふぅ。なんだろうね、用事って」

窓の縁《ふち》から一切手伝うことなく見守っていた『彼女』に話しかけた。

「なおーう」

黒猫だ。名前をエヌという。彼女は、幼い頃からナインと一緒に育った家族だった。

「どうせ大したことじゃないって？　そんなこと言っちゃいけないよ」

「んなうなう」

ナインにはエヌの言葉がわかるのだった。

理由はわからない。ただ、物心ついた頃からそうだった。

ナインは黒猫《エヌ》のことを妹だと思っているし。

エヌは少年《ナイン》のことを弟だと思っている。

少年は立ち上がり、黒猫が肩に飛び乗った。

ナインはエヌを肩に乗せたまま、パーティのリーダーであり、『無能』の自分を拾ってくれた恩人である、アイラスの部屋へ向かう。

黒猫が退屈そうに「くああ」とあくびをした。

少年は思いもしない。黒猫の金色の瞳が、なにかを企《たくら》んでいるなど。

☆

扉の向こうから楽しそうな笑い声が聞こえる。

ノックをして部屋に入ると、アイラスは取り巻きの女性二人と酒を飲んでいた。

その光景になにか思うことがないでもない。

ナインが宿の手配をし、彼らの武器や防具を整備・調整し、アイテムの補充を行い、買い物をし、彼らの下着や衣服を洗濯している間に、彼らはご飯を食べて、お風呂に入り、酒を飲んでいたというわけだが、今に始まったことではないし、何より彼には恩がある。

大恩がある。

アイラスがワインを一口飲み、自慢げに語っている。

「ふふ、エビル・トロールも俺の敵じゃなかったな。この街のダンジョンも、俺には簡単すぎるらしい」

「さすがはアイラス様ですわ。私、また心を奪われてしまいました」

「ええ、見事な攻撃魔術でした。私も見習いたいものです。尊敬いたします、アイラス様」

回復術師と、援護術師の女二人が、アイラスに寄り添って、賞賛の言葉を贈っていた。

彼女らにしてみれば、貴族であるアイラスに気に入られたいのだろう。

実際、二人とも何度か閨《ねや》を共にしているようだし、アイラスがダンジョン探索に飽きて自身の領地に戻れば、どちらが正妻になるにせよ、貴族社会の仲間入りが果たせるだろう。

平民出身の女性が人生逆転をかけて冒険者になるのは、まぁ割とよくある話らしい。

自分はまだ子供なのでその辺はよくわからないけど、とナインは思う。

それよりもそのワインだけで僕の一週間分のパンが買えますよね、とも思うが、口には出さない。

今日もダンジョンでの稼《かせ》ぎはほとんどなかったはずだが、アイラスは知ったことではないのだろう。

――また僕のパンが買えなくなるなぁ。

と、心中でため息をつくナインを、アイラスはやっと見て、

「来たか『無能』。そこに座れ。正座だ」

命令した。

いつものことなので、ナインも特に疑問を覚えることなく従った。彼は『恩人』なのだ。

アイラスは金髪をかきあげ、端整な顔を不愉快そうに歪《ゆが》ませて、ナインを見下ろす。

「お前の黒い剣――黒刀だったか。あれは売却したが、大した資金にはならなかった。反省しろ」

「……え?」

「聞こえなかったのか。耳まで無能か? お前の剣を売ったが、金にならなかったと言ったの

だ。まったく、俺にこんな安酒を飲ませやがって……。父上も最近はめっきり『援助』をしなくなったというのに……」

椅子に座ってワインを飲み、ぐちぐちと不愉快そうに喋《しゃべ》るアイラス。

それをナインは、正座しながら、呆然と眺めていた。

意味がわからない。

刀を売った？

自分の武器を？

勝手に？　断りもなく？

今日だって、あの刀を使ってモンスターと戦ったのだ。パーティに貢献したはずだ。それなのに。

「な、何でですかっ!?　あれがなかったら僕は……！」

「黙れ。反省しろと言ったのが聞こえなかったのか？」

「そんな……いや、でも……アイラス様……」

頭の中がぐるぐると回る。

今までずっと我慢してきた。いや、我慢しているとすら考えないようにしていた。

自分が冒険者でいられるのは、このパーティに所属しているからだ。

自分は、ここを辞めたら生活できなくなる。

生きるためには、このパーティの雑用係に――というかほとんど奴隷みたいなものだけど――に甘んじるしかないのだ。

なによりも、『父の遺言』を果たすためには、冒険者でいなければならないのだ。

だから、

自分だけ報酬が極端に少なくても、

戦闘では囮《おとり》や前衛といった危険な役割を押しつけられても、

パーティ全員の炊事洗濯掃除を行うために毎日三時間しか眠れなくても、

寝る場所が納屋《なや》の隅っこで寒くて寒くて藁《わら》の山に潜《もぐ》り込んで身体中を虫に刺されても、

耐え忍んできた。

自分には魔力がほとんどないから。

この『魔術全盛の時代』において、魔力がほとんどない『無能』の自分が冒険者でいるためには、我慢するしかなかったからだ。

田舎《いなか》から出てきて、今日で二カ月だ。

母と妹は小さい頃に病死した。父もやはり病気で死んだ。

天涯孤独の身となったナインは都までやってきたが、冒険者ギルドの測定で魔力ゼロ、『無能』の烙印《らくいん》を押された。

『無能』を仲間に入れてくれるパーティはない。諦《あきら》めて故郷に戻った方がきみのためだ。そうギルドの職員に促《うなが》された。

それでもナインは、冒険者になりたかった。父の遺言を果たすために。小さい頃からの憧《あこが》れを現実にするために。

「ねぇきみ、良かったら私たちのパーティに入らない？」

そう、アイラスの取り巻きに声をかけられたのは、受付カウンターで呆然としているときだった。ナインは一も二もなく了承した。感謝した。感激した。街にはこんなに良い人がいるのだと、人間もまだまだ捨てたもんじゃないと思った。

こうしてナインはアイラスのパーティに拾われた。ナインは一般家庭の主婦が日常で使う洗濯器すら動かせないほどの『無能』でありながら、冒険者になることができた。その辺の子供や老人にすら劣る魔力量でありながら、凶悪な魔物と戦う冒険者になることができたのだ。

もっとも、二カ月も経《た》った今となっては、近年禁止になった『奴隷』の代わりだったのだろうと理解している。戦闘にも使える都合の良い『召使』のつもりなのだろうとも、わかっている。

それでも良かった。嬉しかった。魔術が使えない自分は、父から受け継いだ剣術でパーティに貢献しようと心に決めた。拾ってくれたアイラスに恩返しをしようと思っていた。

それなのに。

「あの刀は——父の形見だったんです！　それに、武器がなかったら、僕は……！」

戦えない。

貢献できない。

ナインの必死の訴えを聞いて、アイラスは一度だけ目を閉じた。

そして再び目を開けると、冷たい声でこう告げた。


「ひとのせいにするな」


「……え？」

「お前が魔術を使えないのが悪いんだろう。お前のような『無能』の役立たずを拾ってやったのは誰だと思っている？　この俺だ。それなのにお前の態度はなんだ？　『私の剣をパーティの運営資金に変えてくださってありがとうございます』と何故《なぜ》、言えないのだ？」

何を言っているのかわからない。

どうして自分が責められているのだろう。

ひょっとして、悪いのは自分なのだろうか。

アイラスが続ける。

「今日だって、お前が足を引っ張った。エビル・トロールに俺がトドメを刺さなければお前は死んでいた。それもよりによって、あのS級冒険者である『紅鷹《くおう》のダリア』にポーションを分けてもらうなど……恥ずかしいと思わないのか！」

「それは――」

何を焦《あせ》ったのか、後衛のはずのアイラスが無謀にも突っ込んで、モンスターにやられそうだった。それを前衛の自分が庇《かば》ったのだ。

それに『ダリア』が自分にポーションをくれたことなんて、冒険者同士ならよくある話じゃないのか。

「彼女《ダリア》への返礼を用意するため、そして俺への慰謝料として、お前の剣を売り払った。だが足りなかった。だから反省しろと言っている」

ここまで言ってもまだわからないか、という顔でアイラスは自分を見下ろす。ナインは正座した太ももの上に置いた両手をぶるぶると震わせながら、何が本当に正しいのかを考える。

僕が間違っているのか？

僕が本当に間違っているのか？

これ以上我慢する必要が、本当にあるのか？

「本来なら今すぐパーティを辞めさせるところだが――俺は寛大な心を持っているからな。あの剣と、心からの謝罪、それから三日間の飯抜きで許してやる」

アイラスはグラスを傾け、言う。

「額《ひたい》を床に擦りつけろ、ナイン」

視界がぐにゃぐにゃと歪む。悔しいのか、悲しいのか、怒っているのか、自分でもわからない。

ただ、人間はあまりにも理不尽な状況に追い込まれると――

「はい」

何も考えず、諦めるようにできているのだと、ナインは身をもって知った。

もうこれ以上、彼に話しても無駄だ。説得はできない。同じ言語を使っているはずだが、言葉が通じない。ここでゴネても、殴《なぐ》られるか、飯抜きが一週間に伸びるだけだ。

意味がない。

反抗も思考も、無意味だ。

自分はただ従っていればいい。

取り巻きの女二人がくすくすと笑う。その声も遠くに聞こえる。ナインは両手を着いた。

『僕の刀を売っていただきありがとうございました。金額が足りずに申し訳ございませんでした』そう告げるために。

「僕の――」

だが、その先がどうしても出てこなかった。

アイラスが促す。

「僕の、なんだ？　早く続けろ」

ぎゅっと目を瞑る。痛いほど手を握る。

「僕の刀を――」

続きを口にしようとした、その時だ。

とん、と太ももを何かが叩いた。

エヌだった。

黒猫が、前足をナインの太ももに置いたのだ。そうしてじっとナインを見る。まるで、そんなことする必要はない、とでも言うように。

「エヌ……」

「にゃあ」

ナインとエヌが見つめ合っていると、アイラスは舌打ちをして立ち上がった。

「おい、ナイン。俺は忙しいんだ。早く謝罪を済ませろ。俺の気が変わらないうちにな」

正座をするナインの前に立つ、アイラス。

しかしエヌが、アイラスとナインの間に割って入り、アイラスをじっと見上げた。

「…………」

アイラスには、黒猫の瞳が、まるで自分を蔑《さげす》んでいるように見えた。

癪《しゃく》に障《さわ》った。

……彼は隣国の出身であり、彼の国の貴族には、いくつかの風習・不文律がある。

たとえば、手袋を投げられるのは決闘の申し込みなので、これを受けなければならない。

たとえば、貴族の男子は独り立ちするまで、たくさんの女性を抱かなければならない。

たとえば、黒猫は不幸の前触れなので、目の前に現れたら蹴らなければならない。

彼はそれに従った。

「この……薄汚い野良猫がぁ！」

そして彼は、後になって振り返ることがある。ここが決定的な分岐点だったと。自分はあの黒猫の金色の瞳に惑《まど》わされたのだと。すべては猫の前足《てのひら》の上で踊らされていたのだと。

しかし、未来のことは誰にもわからない。アイラスはエヌを蹴とばした。蹴り上げてしまった。黒猫はボールのように吹っ飛ばされ、壁に叩きつけられ、ぼとりと床に落下する。

死んだように見えた。

「エヌ！」

ナインが目の色を変えて床に倒れる猫に駆け寄る。

「エヌ！　エヌ、大丈夫か⁉」

猫は答えない。まるで『死んだふり』をしているように、ピクリともしない。

「何するんですか！」

黒猫を抱《かか》えて、アイラスを睨《にら》みつけるナイン。しかし彼は、はっ、と笑う。

「ただの猫だろうが」

「なん、ですって……！」

「俺は貴族だぞ。畜生を蹴って何が悪い」

ナインの頭が真っ白になる。

たとえ恩人だろうが、相手が貴族だろうが、そんなの知ったことではなかった。まるで関係がなくなった。

妹《エヌ》を傷つけたコイツをぶちのめす。

そう思った時にはもう、

「な、なんだ貴様、やる気――えぶっ！」

気がついたらアイラスの顔面をぶん殴っていた。一足《ひとあし》で飛び掛かって右拳を入れていたらしい。だが今のは浅かった。もう一発くれてやる。何度でも入れてやる。殴った勢いで吹っ飛びそうになるアイラスの襟首《えりくび》を摑んで固定させ、

「なおおおおおおおおおおおおおおおおおーーん！」

エヌが思いっきり鳴いた。

それでナインは我に返った。

「なおなお」

やめろ、とエヌが言っている。これ以上は死んでしまうぞ、と。

「はあ、はあ、はあ、はあ、はあ、はあ………」

冷静になって見ると、ナインに掴まれたまま、アイラスは気絶していた。一発で失神してしまったらしい。

「なっ……ナイン、貴様ぁ！」

取り巻きの一人、援護術師がナインに護身用の短剣を突きつける。その先端に魔力の光が宿った。魔術師の使う武器は、なんであれ、魔術が込められる。

エヌの言った「死んでしまうぞ」とはこのことか、とナインは思う。確かにあれ以上、頭に血が上った無防備な状態で続けていたら、威力に欠ける彼女の魔術でも殺されていたかもしれない。

「アイラス様！　ああ、なんてこと！」

回復術師の女がナインを突き飛ばしてアイラスに駆け寄る。すぐに彼へ回復魔術をかけた。

ナインは彼らを無視して、

「エヌ！　大丈夫なのか？」

「にゃお」

エヌに声をかけると、彼女は何事もなかったかのように鳴き返した。

「え……お前、何ともないのか？」

「にゃっふふ」

あんなヘボい蹴りにやられる私じゃないわ、とエヌが言っている。そもそも当たってないし、とも。

「え……？　いやまぁ、よく考えたら、あんな蹴りに当たるようなやつじゃないよな、お前……。じゃあ何で倒れたふりしてたんだよ……」

「にゃおにゃおう」

「きっかけが必要？　どういうこと？」

とナインが訝《いぶか》しがっていると、

「う、俺はいったい……」

アイラスが目を覚ました。回復術師の女がびしっとナインを指差して、

「この無能がアイラス様を殴ったのです！」

「な、なんだと……!?」

「たまたま当たり所が悪かったのでしょう。アイラス様は僅《わず》かばかり気を失っておりました。しかし！」

回復術師の女は自慢げに、自身の胸に手を当てた。

「ご心配には及びません。この私が回復魔術を施《ほどこ》しましたゆえ！」

「……そ、そうか、すまなかったな。助かった」

「いいえ、アイラス様のためであれば！」

彼女はポイントを稼いだようだ。

そしてもう一人の取り巻きである援護術師も、ポイントを稼ごうとナインに声を荒らげる。

「ナイン、リーダーを殴るとは何事か！　謝罪はどうした！　今すぐ手と額を床に付けないか！」

ナインはその様子を、ぼんやりと眺めていた。

自分に一発殴られただけで昏倒《こんとう》し、床に座り込んでいるアイラス。

彼の気を引こうと、自分を虐《しいた》げ、アイラスに媚《こび》を売る女たち。

不意に、何もかも、馬鹿馬鹿しくなる。

何よりも。

エヌを蹴った奴に、これ以上ペコペコするのは御免だ。

あー、そうだ。

もういいや。

もうすべてがどうでもいいや。

「………ます」

「なに？」

息を吸う。

言ってやろう、思いっきり。

「もう辞めます！」


部屋全体に響き渡るような大声で、ナインは言った。言ってやった。

めちゃくちゃ──スカッとした。

「「「…………は？」」」

まさか辞めると言いだすとは思わなかったのだろう。三人ともポカンとしている。

実に間抜けな顔だった。笑ってしまうくらい、無様な顔だった。

アイラスが困惑《こんわく》したように、

「い、いやいや、待て。お前、何を言っているんだ？　辞める？　このパーティをか？」

「そうです」

そうと決まれば早い方がいい。ナインはエヌを抱えて部屋の扉へ向かう。エヌが腕の中で三人を振り返り、金色の目を細めて「ふっ」と馬鹿にしたように笑ったのは少年には見えなかった。

アイラスは取り巻きの女二人と顔を見合わせる。

回復術師が焦《あせ》ったように、ナインの前に立ち塞《ふさ》がる。

「ま、まぁ落ち着きなさいよ。なにもそう慌《あわ》てることはないじゃない？」

援護術師も急に慌てだして、ナインの前にやってきた。

「そ、そうだとも。冷静になって考えた方がいい。結論を急ぐことはない」

二人が突然優しくなったことに少々驚いたが、しかしナインの決意は固い。

口に出して宣言したことで、自分自身にも暗示のようなものがかかっていた。そうだ、どうして今まで我慢していたのだろう。辞めちゃえばいいんだ、こんなパーティ。

ダンジョン探索や、ギルドとのやり取り。そういった、冒険者としての基本的なことがわからなかった二カ月前とは違う。

自分はもう、一人でもやっていけるはずだ。

ナインは女二人の間を抜けて、繰り返した。

「いえ、辞めます」

扉の前で座り込んでいたアイラスがゆっくりと立ち上がり、ナインを睨みつける。

「ナイン……！　田舎育ちで魔力のない『無能』のお前を、我らパーティに入れてやった恩を忘れたのか！」

うっ、と怯《ひる》む。

「……あなたは確かに恩人です」

ナインがそう言うと、アイラスは自信を取り戻したように笑う。

「ふん、そうだろう。わかったら謝罪しろ。そうすれば――」

「ですが！」

ナインは叫んだ。

「そう思って今まで我慢していましたが、もう限界です！　あなたはエヌを蹴った！」

「そ、それは、その黒猫が――。それに俺の国では、」

「僕の大切な家族だって知ってたでしょう!?　それなのに！」

「ふん――それは仕方のないことだ。俺は悪くない。何も悪くない。むしろお前が――」

この期《ご》に及んでもまだそんなことを言う。まだエヌを蹴ったことを謝らない。

もうたくさんだ。ここにいたら、またエヌに暴力を振るわれるかもしれない。ナインはアイラスの横を抜ける。

「僕はパーティを抜けさせてもらいます！　今までお世話になりました！」

「こ、この恩知らずが！　お前みたいな『無能』など、どこへ行ってもダメに決まってる！」

そんなこと言われるまでもなくわかってる。もう自分は、パーティを組めないだろう。でも、いたくない。

エヌに——家族《いもうと》に暴力を振るって笑っているような奴らがいるところに、これ以上一秒だって

「何とでも言ってください。さようなら」

背中に声がかかる。

「後悔しても知らんぞ！　俺の権力を使ってギルドに手を回してやる！　お前が俺たちを裏切ったことを、明日には全てのパーティが知ることになるぞ！」

一体何をそんなに慌てているのか。自分のような『無能』がいなくなったところで、戦力は大して変わらないだろう。

あ、そうか。彼らは奴隷／召使がいなくなることに焦っているんだ。そういえば洗濯もやりっぱなしだったな。もう知らないけど。

「明日からは自分たちで洗濯してくださいね。今日のはまだ洗濯場に置いてありますから、続きは各自でお願いします。じゃ」

引き継ぎ完了。仕事を中途半端のまま投げ出すことにちょっとだけ罪悪感があるが、無視する。

ナインが扉に手をかけると、焦ったような声が背中に届く。

「ま、待て！」

「……まだ何か？」

「ふ、ふん、どこへなりとも行くがいい！　ただし、貴様の持ち物は全て置いていけ、それは我がパーティのものだ！　それが嫌なら撤回して謝罪を――」

持ち物。

せいぜいがポーションや携帯食料などだろう。高価なものはもちろんのこと、武器もない。あの形見の刀はもう、彼らに売られてしまったようだから。

あとは胸鎧《むねよろい》と籠手《こて》だが、これも高価なものじゃない。ギルドから支給されたものだ。

このパーティでの報酬――ナインの取り分は少なくて、毎日パンを買うだけでギリギリだったくらいだ。お金がなくて、新しい武具は買えなかった。攻略に必要だと訴えても、「無能には必要ない」と言われ、結局最後まで分け前は増えなかった。

「わかりました。置いていきます」

淡々と告げる。

「じゃ、お元気で」

「ぐぐっ……後悔しても知らないからな！」

最後までそんなセリフを吐くアイラスを無視して、今度こそ、ナインは扉を閉めた。

☆

自室としてあてがわれた納屋に戻って刀を探したが、やはりなかった。防具やアイテム、バッグはあるのに、武器だけがない。

「本当に売ったんだ……」

仕方なく、バッグだけ手に取った。約束通り中身を全部置いて、空っぽのバッグを背負って納屋を出る。そのまま宿の出入り口に向かった。

「にゃおにゃお」

「律義《りちぎ》に従う必要はないって？　いいんだよ、別に。僕の気持ちの問題だ」

「にゃふにゃふ」

やれやれ、とエヌが首を振った。それから、どこに隠していたのか、一枚のコインをナインに手渡す。

「お前、これ……金貨じゃないか！　どうして？」

これ一枚で一年は暮らせるだろう。

「にゃっふふ」

「いや持ってきたって……」

「にゃふにゃふ？　ぷんくすすにゃーふ」

「父さんの刀を取り戻すのに必要だろって？　まぁ、そうだけど……ちょっと多すぎじゃないか……？」

「にゃんごろ」

今までタダ働き同然だったんだから、これじゃ足りないくらいよ、とエヌは主張する。

金貨をしげしげと眺め、ナインはため息をついた。

「それもそうか。ありがたく貰《もら》っておくよ。ありがとな、エヌ」

「にゃーふ」

世話のかかる弟を持つと大変だ。そう呟《つぶや》く黒猫に、はいはい、と少年は笑う。すると、

「……ふにゃふ」

エヌが、ナインの頬に頭を擦《す》りつけてきた。

――私だけは、ずっと一緒にいてあげるから。

「……ありがと、エヌ」

黒猫の頭を優しく撫でて、ナインは宿を出る。

「今日は……橋の下で野宿かな。明日からはしばらくネズミ駆除の依頼をこなそう」

「にゃふにゃー（ネズミは嫌いだわ）」

「猫らしくないなぁ」

「ふにゃふふ、にゃふ（高貴な猫なのよ、私は）」

ははは、とナインは笑う。エヌがいてくれるおかげで、気持ちはだいぶ楽になった。

パーティは辞めた。

たった今から、ナインはソロの冒険者だ。

魔術が使えない『無能』の自分を受け入れてくれるパーティなんてないだろう。

それでも冒険者は辞めない。父の遺言を果たすために。

──〝竜〟を殺せ、か。

遥《はる》かに遠い夢を胸に抱いて、ナインは宿の門扉《もんぴ》を開き、新たな一歩を踏み出した。

直後、

「うちに来ないか、少年！」


めちゃくちゃ綺麗な女の人が、ナインの目の前にいた。

暗い夜でもはっきりわかるほど、燃えるような赤いポニーテールに、夕陽のように赤い魔道マント。

背中には、立派な魔術大剣。

大陸最強と名高い魔術師――『閃紅《せんこう》』のダリアが、『無能』のナインをスカウトしたのだった。

第二話 うちに来ないか、少年！

美しい女性だった。

赤い花《ダリア》のような、燃えるように真っ赤なポニーテール。

長身、スリム。なのに、出るところは出ている。

それらを隠すように纏《まと》うのは、どんな刃物も通さないと言われている白銀色の魔道鎧《よろい》に、『鷹《たか》の翼』を模したシンボルマークを肩に刻んだ赤い魔道マント。

そして、背中に負っている、身の丈《たけ》ほどの――竜殺大剣。

S級冒険者であり、大陸最強の攻撃魔術師。

名前はそう――ダリア。

『閃紅《せんこう》のダリア』。

噂《うわさ》によると、どこかの国のお姫様でもあるという。

彼女はナインの姿を認めると、自信満々に「にっ」と笑って、こう叫んだ。

「うちに来ないか、少年！」

ナンパをされているわけではないと、さすがにわかった。

でもそれ以外は、なんにもわからなかった。

ただ、黒猫のエヌがナインの頭の上で、「シャー！」と彼女を威嚇《いかく》していた。

☆

この大陸には、いくつもの『ダンジョン』と『危険エリア』が存在する。

それらにはモンスターが出現し、人類を脅《おびや》かす。

モンスターを倒し、ダンジョンや危険エリアを切り拓《ひら》いていく者たちが、『冒険者』だ。

強力なモンスターに対抗するため、彼らは組合《ギルド》を作り、協力してモンスターを狩ってきた。

国家や領地、街や村、貴族から一般市民に至るまで、ギルドは依頼を受ける。

それらの依頼を可能な限り達成するため、強さの目安を設ける必要があったギルドは、大陸全土において冒険者のランクづけを行った。

下からF、E、D、C、B、A、S、SS。

SS級はここ百年ほど認められていない、伝説のクラスだ。ぶっちゃけて言えば、お飾りのランクである。今後も、ギルドはよほどのことがない限り、その称号を新たに与える気はないだろう。

在野にて最強――それがS級冒険者であり、ダリアと、彼女の所属するパーティ『紅鷹《くおう》』の評価であった。
そのS級冒険者たちとナインは、今日のダンジョンで、偶然遭遇していたのだった。

☆

ベーベルのダンジョン、最下層。

S級冒険者パーティ『紅鷹《くおう》』は、装備の調整に、このダンジョンへ訪れていた。

調整相手として選んだモンスターは、魔術を使う巨大な人型モンスター、エビル・トロール。このダンジョンにいるモンスターたちの、ボスである。

しかし、そこにはすでに先客がいた。

洞窟の、ドーム状になった空間で、中級者と思《おぼ》しきパーティがボスと戦っていたのだ。

依頼なしのダンジョン探索では、こういった『かち合い』はままあることだ。紅鷹《くおう》は黙って様子を見ることにした。ランクが高いからと言って、むやみに獲物を横取りするものではない。モンスターは死ぬと『魔石』と呼ばれる宝石になり、それはとても高価なものなのだ。

いつから戦闘が始まったのかは知らないが、ダリアの目には、戦況は『冒険者』側の優勢に見えた。中級者パーティに一人だけ突出した実力の持ち主がおり、『彼』が戦闘を有利に運んでいた。

たとえば――エビル・トロールが手に持ったデカい棍棒を振り回す。横薙《よこな》ぎに振るわれたその棍棒を、前衛の『彼』は腕に添えた刀で見事に受け止めた。

少年だった。身長一五〇センチ足らずのその少年が、五メートルを超える化物の振るった棍棒を、苦もなく防いでいた。

なんというか――黒い。マントも黒ければ、胸鎧も黒く（これは後で汚れによるものだと聞いた）、髪も黒ければ刀も黒い。

影みたいな少年だった。

彼の持つ黒刀が陽炎《かげろう》のように揺らめいた。直後、丸太のような棍棒がバターみたいにあっさりと切り裂かれている。彼が『斬った』のだと、結果を見てようやくわかった。ダリアは「ほう」と息を吐く。

「見事な斬撃だ。剣筋どころか、魔術の流れもまるで見えなかった」

ふつう、攻撃魔術師が斬撃を行う際には、得物《えもの》に魔力を流す。ダリアの場合は、魔術大剣に魔力を流し、剣を振るうタイミングで、魔術を起動させて威力を高める。

後世で『魔法剣』と呼ばれる概念《がいねん》に近い。

その魔術の流れが、一切見えなかったのだ。

隣にいる仲間にも訊《き》いてみたが、彼女もまた「ぜんぜん見えなかった」と意見を同じにする。

ひょっとしたら、あなたより速いんじゃない、とも。

うん、とダリアは頷《うなず》いて、

「何者だろう。あの少年」

興味が湧いた。

同時に疑問も抱く。

彼ならば、一人でもエビル・トロールくらい倒せてしまえそうなものだが、なぜそうしないのだろう。

少年以外の面々は、お世辞にもレベルが高いとは言えなかった。動きも悪ければ、魔術の精度も低い。ああ、とダリアは頷く。納得した。

——他のメンバーの訓練のつもりなのか。

実際、少年は他のメンバーが動きやすいように位置取りをしていた。見事なものだった。離れているここから見ていても、戦場の全容は摑みにくい。それなのに彼は、前衛にいながら、全体が見えているようだった。まるで俯瞰《ふかん》しているかのように。

少年があえて右側を空ける。そんなことをしなくても倒せるだろうに、あえて右半身に隙《すき》を晒《さら》す。するとエビル・トロールはそこへ向かって魔術攻撃を仕掛けるのだ。そうするように少年がし向けた。彼の左側に、パーティのメンバーがいるから。

また、彼が動くことで、後衛の面々は広い場所、高い位置から一方的に攻撃を放てていた。

狭い洞窟内だ。ましてやここは敵陣。考えなしに動けば、あの窪《くぼ》みやあの壁際《かべぎわ》にあっという間に追い詰められて、パーティは身動きが取れなくなるだろう。

それにしても、後衛の三人は何も考えていないようだった。少年をよほど信じているのだろうが、火球や氷矢などといった魔術攻撃を撃ちまくっている。少年をよほど信じているのだろうが、あれは背中に目がないと避けられないレベルのものだ、とダリアは思う。

――私が後衛からあんなふうに魔術を撃たれたら、間違いなく回れ右してそいつを殴《なぐ》っているだろうな。

敵が前と後ろにいるみたいだ。その間を、黒い少年は影のように動いて、モンスターを翻弄《ほんろう》していた。敵の攻撃を捌《さば》き、誘導し、受け流し、動きを止めていた。

――猫みたい。

短い黒髪が跳ねて、瞳が覗《のぞ》く。瞳の色まで黒かった。けれど、綺麗だった。

とても綺麗だった。

このときだったと、ダリアは後になって何度も思う。

何度も、何度も、思い返すことになる。

ダリアはこの瞬間、黒猫みたいな少年の瞳に、心を奪われたのだ。

影が伸びる。いや、影のように見えたのは、黒い刀だった。それがエビル・トロールの棍棒を根元からすっぱりと切り落とした。敵の得物が今度こそ使い物にならなくなった。

さっきも見たが、『素晴らしい』と『不可解だ』という感想が同時に生まれる。あの棍棒は原始的な見た目に反して、強力な魔術がかかっている。当然だがトロール本体より遥《はる》かに固い。あれを斬るのは相当の魔力量と斬撃速度が必要なはずで、しかもどちらも練り上げるには時間がかかるし、斬撃に合わせて魔術を解放させるのは上級者でも難しい。

それをあの少年はいとも簡単にやってのけた。

しかも、S級冒険者である自分でも、魔術の流れが見えないほど、速く。

いったいどうやったのか、まるでわからない。

そして後衛の魔術攻撃が防がれていたのは、あの棍棒があったからだ。これで仲間の攻撃が通るようになる。

そんなことを頭の片隅で無意識で考えながら、しかしダリアが本当に心の底からガチで気になっているのは一つだけ。

——黒猫の剣士。きみは、誰だ？

彼女はただ、彼の名前を知りたかった。

そしてそれは、あっけなく叶《かな》う。

「ナイン！」

リーダーと思しき青年が、彼に罵声《ばせい》を浴びせたのだ。

「何をしているこの無能が！　武器などどうでもいい！　本体の足を止めろ、俺がトドメを刺す！」

イラっとした。

なんでアイツ、パーティで一番弱いくせに、一番偉そうなんだろう、と思った。

しかしそんな奴はこれまでごまんと見てきたはずだ。なぜアイツにだけこんなにイライラするのだろう。とダリアは不思議に思いながらも、イラっとするソイツを睨《にら》んでいた。

睨んでいたからか、ソイツがちらっとこちらを見た。目が合った。

そういえばさっきから、戦闘中だというのにチラチラとこちらを見てくる。Ｓ級冒険者が珍しいのかもしれないが、目の前の敵に集中しろとダリアは思う。さっきから黒猫の少年が後衛のために何度もチャンスを作っているだろうが。

――ほら、今！　ああ、今も！　ほら、そこ！　なんで撃たないの！　めちゃくちゃわかりやすい隙だったでしょ!!

ある程度の実力者でなければわからない隙というものは存在するが、それにしたってチャンスを潰《つぶ》し過ぎだとダリアは心中で地団駄を踏んでいる。

「………もう私がやってしまおうかな」

イライラしながらぼそりと呟《つぶや》いたら、隣にいた仲間に「やめなさい」と止められた。はい。

しかし偉そうなパーティリーダーはその後、何度もチャンスを逃し、挙げ句の果てに一番突っ込んじゃいけない場面で突っ込んで、

「ああっ!?」

思わずダリアは声を上げた。

無謀なリーダーを庇《かば》って、黒猫の少年が吹っ飛ばされたからだ。

まさかそれが、リーダーであるアイラスの、『S級冒険者のダリアにいいところを見せたかったから』という見栄《みえ》が招いた結果だとは思いもしない。

ただ彼女は、黒猫の少年が壁に叩きつけられ地面にぼとりと落下するのを見て、駆けだしていた。彼を助けるために。

エビル・トロールは十数度の王手《チャンス》を逃したリーダーが仕留めたが、そんなことはどうだっていい。

ダリアは少年に駆け寄ると、自分用のハイ・ポーションを彼に与えた。少年はすぐに回復して、そして、

「………えっと、ありがとうございます?」

自分のところではなく、別のパーティの人間が秒で助けに来るとは思わなかったのだろう。

彼は驚いているようだった。

ぱちくり、と大きな瞳が瞬《まばた》きをする。宝石《オニキス》みたいな黒い瞳が自分を見上げている。自分だけを見つめている。

息が止まった。

何か言おうと思った。

でも、何も言葉にできなかった。

「あの……あなたは確か……」

少年がおずおずと口を開く。

自己紹介をしよう、そう思って息を吸ったら、

「これはこれはダリア様！　どうでしたか、俺の攻撃魔術は！」

さっきのリーダーが割り込んできた。

渋面《じゅうめん》を隠せた自信はない。

「無駄が多いし、迂闊《うかつ》だった」

リーダーがぽかんとする顔を見て、ダリアは少し溜飲《りゅういん》を下げた。しかし口は止まらなかった。

「今のも、少年が庇わなかったら、貴兄《きけい》は負傷していただろう。そもそも、彼の作った隙を見逃し過ぎだ。もう少し周りに注意して——おい、リンダ、なんだ？　そう引っ張るなよ。すまない諸君、もう行かなければならないようだ。では！」

と、仲間に引きずられて、転移魔法であっという間にダンジョンを後にしたのだった。

だから、

「…………チッ！」

ダリアにダメ出しされたパーティリーダーであるアイラスが、忌々《いまいま》しそうにナインを睨んだのは、知らなかった。

☆

時は戻って現在、ベーベルの街。

夜の宿の門の前に突っ立ったナインとダリアがそれぞれ『先ほど会った時の印象』を思い出していたら、

「にゃあ〜」

ナインの頭の上で黒猫が鳴いた。思えばアレがきっかけだったわね、と言っている。

首を傾《かし》げて、ナインが尋《たず》ねた。

「なんのきっかけ？」

傾げられた頭の上で器用にバランスを保ちながら、黒猫が答える。

「んぷくす（あの馬鹿《アイラス》があなたをイジメるきっかけ）」

「……それはいつもだろ」

「んなぁ～お。んにゃぷくす（今日のは特に酷《ひど》かったでしょ。ま、それが辞《や》めるきっかけにもなったから良いのだけど）」

ダリアがぐいっと顔を近づけてきた。

「きみは猫と会話ができるのか？　凄《すご》いな！」

「あ、エヌとだけです。こいつは生まれた時からずっと一緒で、僕の妹みたいなものなんです」

「んなーお」

「はいはい、妹じゃなくてお姉さんだね」

抗議する黒猫の顎《あご》を撫でて機嫌を取るナインを、ダリアが感心したように見ている。

「賢い猫だ。私は嫌われてしまったようだが」

ふふ、と笑うダリアに、エヌはぷいっと顔をそむけた。鳴きもしない。

ダリアはナインを見下ろして、

「もう一度言う。うちに来ないか、少年！」

「聞いてたんですか……？」

「すまない、聞こえてしまったんだ。きみがあまりにも大きな声で宣言したものだから」

確かに、めちゃくちゃ大声で叫んだ気はする。宿の外にまで聞こえていたとは思わなかったけど。

「よくわからないが、実に痛快な宣言だった。溜めに溜めた砲撃魔術を解放したような、そんな『スカッと爽《さわ》やか』感に満ちていた。愉快だ！」

「……溜めに溜めた我慢を解放したのは、事実です」

「これも何かの縁。話だけでも聞いてくれ」

「いいですけど……」

「ありがとう。ここではなんだから、大衆食堂《レストラン》へ行こう。良い店を知っている」

「え、はぁ……」

「なぁに、私が奢《おご》るとも。あ、それを盾《たて》に強要するつもりはないぞ。嫌なら断ってくれていい」

「まぁ、それなら……」

歩きだす二人と一匹。

「んにゃあごぉ～」

面白くないわねー、と猫が鳴いた。

☆　星の下で。

宿の外は、真っ暗だった。街の外れにあるから街灯がないのだ。

ダリアが魔石角灯《ランタン》を灯《とも》して、道を照らす。

彼女の誘いで、街の食堂に向かう途中だ。「なおー？　なおんなお？」と鳴いたのは、夜の闇と半分同化している黒猫のエヌ。意味は「コレって、やっぱりナンパじゃない？」。ナインは「ははは」と苦笑するのみ。

「この街の夜は暗いな！　転ばないように気をつけたまえ。——手、つなぐ？」

「い、いえ、大丈夫です……」

子供扱いされてるなぁ、僕、とナインは思う。

この女、油断がならないわね、とエヌは思う。

「知っているかもしれないが、念のため説明しておこう！」

やけにテンションの高いダリアが嬉々《きき》として話し始めた。

「我がパーティ『紅鷹《くおう》』は大陸冒険者ギルドでSランクだ。人員は三名。貴族や大商人、国家から依頼を受けることもある。報酬は一回につきだいたいこれくらい」

ダリアが指を動かした。ぽっ、と魔術で光った指先が、虚空《こくう》に数字を刻む。魔力の扱いを知っている冒険者ならこの程度の芸当は誰でもできる。ナインはできないけど。

で、ダリアの提示した数字は、倹《つま》しく生活すれば、一生暮らせそうな額だった。

「ちなみに私の去年の収入はこれくらい」

さっきの数字の後ろに、ゼロが二つくっついた。ナインなら百回くらい寿命が来るまで遊んで暮らせそうな額だ。

光る数字は、花火のように、すぐに消えた。

「来年には、きみもこれくらいになると思う。いや、きみが入ってくれればもっと稼《かせ》げるかも。どこかの国から爵位も貰《もら》えるんじゃないかな」

何を馬鹿な。

「報酬はこんな感じだ。で、きみの役割だが」

雑用係にあの金額を出すのだろうか、このお姫様は。

「私と同じ、前衛《アタッカー》を担当してほしい」

それはつまり。

このS級冒険者と肩を並べて戦う、ということだろうか。

ナインは思わず立ち止まる。隣のダリアも足を止めた。

ぽかんとしているナインを、ダリアが振り返り、不敵に笑った。

「きみの力が必要だ。私と一緒に――」

「――〝竜〟を倒そう」

息を忘れた。

その申し出が、父の遺言と、同じだったから。

『邪竜討伐依頼《ドラゴン・クエスト》』。

ダンジョンや危険エリアに棲《す》む古竜を排除するという、名誉ある依頼。

依頼主は、ほとんどが国家であり。

竜を倒した者は勇者として崇《あが》められる。

そして目の前にいるこのお姫様は、彼女の仲間たちとともに、すでに五体の竜を屠《ほふ》ったという。

「きみは、山に登ったことはあるかい？」

「えっ？」

話が急に飛んでびっくりする。

「山だよ。高いの。土と岩と木がこんもりしてるアレ」

「ええっと、はい。故郷が山の中にあるので……」

「そうか。私もある。三〇〇〇メートル級の高山だった。そこに棲む竜を倒したんだが――」

あっさりととんでもないことを仰《おっしゃ》る。

「――頂上というのは、素晴らしいものだな」

彼女は夜空を見上げると、目を細めて、思い出すように、

「きっと、『SS級』というランクも、同じなんだと思う」

ここ百年は認定されていないSS級冒険者。

本当に存在したのかも疑わしい、おとぎ話の英雄たち。

そんな伝説を口にして、ダリアは語る。


「その場所には、私たちの他には誰もいない。

私たちが頂点だ。

今まで登ってきた道のり、今まさに登ってくる者たち、裾野《すその》に広がる無限の大地、その向こうにあるセカイの全てが見渡せる。

雲の上、空の中、星の下。誰もが私たちを見上げ、しかし私たちは彼らを見下ろすことなく、仲間たちと笑い、お互いの健闘を称《たた》え合う。

そうして、星を見上げる。

さらに上を目指すんだ。誰も登ってこられない場所へ、誰も辿《たど》り着けない星の彼方《かなた》へ、私たちが行くんだ」


べーベルから見える星空を仰いでいたダリアが、ナインに視線を戻した。

きらきらと、宝石《ルビー》のような瞳を輝かせて、ダリアが頷《うなず》く。

「私たちなら、この世界で一番になれる」

ナインは、何も答えられなかった。

ただ、「このひとは、瞳が綺麗だな」と、ぼんやり考えていた。

ランタンに照らされたダリアの赤い髪が、その瞳が、その美貌が、夜闇の中で、燦々《さんさん》と輝いているようだった。

第三話　きみは『無能』ではないだろう！

「あ、あったぁぁぁ……！」

閉店間際《まぎわ》に駆け込んだ武器屋で、形見の刀が無造作に置かれているのを見つけたナインは、安堵《あんど》のため息をついた。ベーベルの街に武器屋が一軒しかなくて助かった。探す手間が省けた。

無事に武器を取り戻したナインは、余ったお金で防具とアイテムも購入した。ギルドの支給品と同じ、一番安いやつだ。

「黒猫……」

昼間とほとんど同じ姿恰好になったナインを見て、ダリアがぽつりと呟《つぶや》く。

「はい？」

「なお？」

ナインとエヌが同時に振り返って、ダリアは「いや、なんでもない」と返す。

「それじゃあ、行こうか」

☆

連れていかれたのは、高級食堂だった。

しかもその奥にある個室で、ナインは大量の料理を振る舞われていた。

先ほどの有り得ないほど好待遇な条件と、夢物語のようなお話と合わせて、ナインは思う。

──詐欺《さぎ》、かな……？　街は詐欺師が多いって聞くし……。

訝《いぶか》しみながらも空腹には勝てない。久しぶりの温かいパンとスープ。お肉に魚まである。

ちらりと見ると、ダリアは微笑んで、手のひらで促《うなが》す。

「どうぞ、食べてくれ」

「い、いただきます……！」

とりあえず肉。ステーキ。これは牛肉だろうか。表面はほどよく焼かれていて、上に載《の》せられたバターがゆっくりと溶けている。魔石で熱せられているであろう鉄板から、高級品である塩と胡椒《こしょう》とガーリックとお肉の焼かれる香りが「じゅぅ〜〜〜」という官能的な音とともに鼻先まで昇ってくる。脂《あぶら》がぴちぴちと跳ねて、煙がふわふわと上がり、ナインの理性を崩していく。

毒だっていいや、とナインは思った。

慣れないナイフとフォークを使って切り分けて口に運ぶ。

猛毒かもしれないとナインは思った。

それくらい美味《おい》しかった。ひと嚙みごとにお肉からじゅるりと汁があふれ出す。ずっと嚙んでいたいのに、柔らかいお肉はそれを許してくれず、口の中で溶けるように消えていってしまう。急いで二切れ目を口に運ぶ。熱い。けど美味しい。

こんなお肉は初めてだ、とナインは思う。田舎《いなか》で狩って食べていた猪とか兎の肉とは根本的に違う気がする。まるで人間に食べられるために育てられたよう——いや、実際にその通りだ。この牛は家畜なのだから。生まれてきてくれてありがとう。育ってくれてありがとう。そんな感謝を込めて、いただきます。

「は、はふっ……！」

あっという間に半分たいらげてしまった。そういえばステーキしか食べてないと今さら気がつく。

ナイフを置いてスプーンに持ち替える。隣にある陶器に入った、琥珀《こはく》色の澄んだコンソメスープをすくって一口。脳が痺《しび》れた。久しぶりのご馳走《ちそう》に全身の細胞が喜んでいる。舌の根元がうにうにと震えだす。これは毒だ、猛毒に違いない。そうとでも思わないと、もう二度と元の食生活に戻れなくなる気がした。涙が出てくる。

「美味しいかい？」

「はいっ！」

尋《たず》ねられて思わず即答してしまった。ちょっと恥ずかしい。

ダリアはそれを見ると、ふふ、と笑って、

「じゃんじゃん食べてほしい。私も食べるとしよう」

宣言通り、彼女も次々と料理を口に運んでいった。実に綺麗な食べ方だった。細くきれいな指でナイフとフォークを軽く持ち、ソースが飛び散りやすく肉が切りにくい骨付きチキンの煮込みを、真っ白なテーブルクロスやナプキンを一切汚すことなく、優雅にさばいて口に運んでいた。

どこかのお姫様、という噂《うわさ》も大いに頷《うなず》ける。

「んぐすぷむ」

足元から声が聞こえる。

エヌはテーブル脇の床の上で魚をもっちゃもっちゃ食べていた。サーモンの刺身だそうだ。なかなか美味しいわねコレ、と満足そうである。良かったね。

☆

「さて、最初に尋ねたいのだが」

瞬《また》く間《ま》にチキンの煮込みをやっつけたダリアが、ナプキンで口を拭《ぬぐ》った。

「ダンジョンでのエビル・トロール戦。きみはなぜ、あのモンスターを倒してしまわなかったのだ？」

確認であった。ダリアが考えていることが正しいかどうか、彼女は確認しているのだ。

「私の目には、きみはいつでもトロールを倒せるように見えた。しかしきみは敵の武器を破壊したのみ。なぜかな？」

少し考えて、ナインは答える。ステーキの付け合わせのにんじんを飲み込んで、

「倒すだけなら、確かに……」

「うん。ということはやはり、」

きみは彼らを上達させようとしていたのだな、とダリアが口にするその前に、ナインが続ける。

「でも、僕がトドメを刺すと、ご飯が食べられなくなってしまうので」

「…………なんだって？」

「アイラス…………様は、トドメを自分で刺したい人なんです。だから彼の機嫌を損《そこ》ねると、僕のパンがなくなります」

眉間に皺《しわ》を思い切り寄せて、理解できない、とダリアが顔中で言っている。

「だから、僕はパーティの援護役です。お膳立ては得意なので」

「…………………なるほど？」

やたら偉そうだったパーティリーダーの態度を思い出すダリア。彼女の仲間が調べたところによると、あのリーダーは某国の貴族であるらしいが。

「きみは彼の従者なのか？」

「いえ、違います。ただその……」

ナインは少し躊躇《ためら》って、その言葉を口にした。

「僕は『無能』なので……」

「……なに？」

なぜかダリアの反応が攻撃的になった。ちょっと部屋の気温が上がったように思えるのは気のせいだろうか。正面から熱風が吹いてきている気がする。怒ったダリアに反応した彼女の魔道鎧《よろい》から半ば自動的に魔力熱が発せられているようにしか思えないが、彼女の怒るその理由がわからない。

しどろもどろになりながら、ナインは説明を続ける。

「僕は魔術がほとんど使えないんです。魔力が限りなくゼロに近くて、それでギルドでも『田舎に帰った方がいい』って言われて……」

「…………………なんだと？」

なぜかますますダリアの機嫌が悪くなっていく。

そしてますます暑くなる。汗が出てきた。エヌが足の下で「あつくない？　あついわよね？」と鳴いている。ダリアは知らないかもしれないが、猫は暑さに弱いのだ。

さらにしどろもどろになりながら、ナインは説明を続ける。

「でも、僕はどうしても冒険者になりたかったので、困ってたんです。そんなとき、僕をパーティに拾ってくれたのが、アイラス…………様、でした。つまり恩人なんです」

「恩人だと……？」

めちゃくちゃピリピリしている。めちゃくちゃ部屋が暑くなっている。それをナインは、自身のせいだと考えた。エヌの鳴き声がやんだ。死なないでくれとナインは思う。

「す、すいません。せっかくお誘いいただいたのに『無能』で……」

「きみは『無能』ではないだろう！　それ以上、その言葉を口にしないでほしい！」

ダリアが立ち上がる。水の入ったグラスが倒れた。まったく意味がわからないナインはビビりながらも彼女を見上げ、「す、すいません……」と謝った。同時に暑さが消え去った。エヌが息を吹き返した。

「いや、こちらこそすまない。突然、怒鳴ったりして」

息を吐いて、ダリアは座る。どすんっと椅子が鳴った。タイミングよく個室のドアが開き、給仕のひとがやってきてお水を注ぎ直した。アイスペールと冷風魔石も持ってきた。ダリアが無言でそれに触れ、魔力を流して起動させる。涼しい。エヌが氷を抱《かか》え込んで舐《な》め始める。死ぬかと思ったわ、と鳴いている。良かったね……。

「……きみにはほとんど魔力がない、というのはギルドからも聞いた」

「あ、知ってたんですか……」

「仲間が調べてくれたんだ。私がきみにその――きょ、興味がある、と伝えたら、ニヤニヤしながら」

そっぽを向きながら顔を赤くするダリア。

ナインは彼女が怒っているようにしか見えない。しかも理由はいまださっぱりだ。

「は、はぁ……」

「しかし、きみはエビル・トロールの棍棒を斬った。あれは魔術の塊《かたまり》と言ってもいい代物《しろもの》だ。それをやすやすと断ち斬った。しかも――魔術の流れが見えないほど、素早く」

一瞬だけ口ごもったのは、ダリアが心の底で「悔しい」と思っているからである。

S級冒険者、それも魔術大剣を得物《えもの》とする自分が、『斬撃』魔術で後《おく》れを取っていると認めることになるからである。

「私には、まるでわからなかった。つまりきみは、S級の私よりもある一点では『強い』ということだろう。そのきみが『無能』だと？　それはお前たちだ愚か者が！」

ばん、とテーブルを叩くダリア。ひっ、とビビるナイン。なんでこの人こんなに怒ってるんだろう。

「……すまない。きみに当たっても意味はないのだが。ああ、しかし腹が立つな！」

泣きそう。

「あと、アイラス……だったか？　あんな男に『様』は付けなくて良いと思う。きみは従者でもないいんだろう？」

「まぁ、はい……。パーティもも辞《や》めましたし……」

それだよ、とダリアが前のめりになる。

「どうだろうか、一度、私のパーティに仮加入してみるというのは。それできみの真の実力を見せてほしい。私にも、私の仲間にも」

「真の実力……なんて、ないと思いますけど……」

「よくわからないな。どうしてきみはそんなに自己評価が低いんだ？」

それは『無能』だから――と言いかけて、慌《あわ》てて言葉を飲み込む。また立ち上がって怒鳴られたら困る。

「きみは若いが、冒険者としては長いのだろう？　あんな剣術を身につけているくらいだ」

「い、いいえ、二カ月くらいです……」

「二カ月!?」

ダリアが立ち上がって叫んだ。だめだ、とナインは思う。この人を立ち上がらせずにすます方法が自分にはわからない。

「たった二カ月で、あそこまで⁉」

「いえ、その……剣術は父から習いまして……子供の頃から」

「……なるほど。斬撃魔術も一緒に習ったというわけか。それでエビル・トロールの棍棒を斬ったんだな」

「えっと、違います。あのときは、魔術はほとんど使ってないです」

「え、じゃあどうやったの」

「それは、その……」

言っても信じてもらえないだろうな、とナインは思う。アイラスたちにも「与太を飛ばすな」と一蹴《いっしゅう》されたし。

「僕は、魔術を斬ることができるんです。流派『七星剣武《しちせいけんぶ》』は、そういう剣術なんです」

今度は、ダリアは立ち上がらなかった。

ただ黙って、

「…………はい？」

と小首を傾《かし》げた。

可愛い、とナインは不覚にも思ってしまった。

☆

一時間後。

ナインとダリアはダンジョンに向かっていた。

魔術を斬るという剣術を、
実際に見せてもらうのが一番だろう。

実際に見てもらうのが一番早そうだ。

お互いにそう思ったナインとダリアは、一時的にパーティを組むことにしたのだった。ダリアのパーティ『紅鷹《くおう》』に、仮加入する形だ。

「にゃおう？　んなんなおう」

『七星剣武』見せちゃっていいの？　そんなあやしい女に。というエヌに、ナインは頷く。それからこっそりと、

「そんな失礼なこと言っちゃダメだよ」

「んなーお」

「ご飯のお礼はしないとね。僕の剣術があのステーキの価値に見合うとは思わないけど」

「んななない」

ダリアが口を挟む。

「猫ちゃんとの会話中にすまない」

「猫ちゃん」

「……おかしいか？」

「あ、いえ、……こいつはエヌっていいます」

「名前で呼んでも大丈夫？」

「ええ、はい」

「ナインくん」

「僕の方でしたか！」

「あっはっは、冗談だ」

摑みにくい人だ。

エヌが冷たい目でダリアを見ていた。

「さて、ナインくん。率直に聞こう――きみ、女性に興味はあるか？」

「は？」

「私のことを魅力的だと感じるか？」

「へ？」

「私と恋人関係になりたいとか、結婚したいとか、お嫁さんになってほしいとか、そういう思《し》慕《ぼ》や欲望はあるか？」

「は？」

「私のことをどう思っている？」

――どう答えるのが正解なんだ……!?

「ええっと、お綺麗ですし、カッコいいとは思いますけど、付き合いたいとかそういうのは特に……すみません……」

「カッコいい!?　ホントか？」

「はい。それは、はい」

その魔術大剣とか、凄《すご》いですよね。

「そうか！　私には魅力がなく、女性として見れないというわけだな！」

「そこまでは言いませんが……」

「合格！」

「は？」

「いやなに、我がパーティは三人編成でな。学生時代から一緒の、仲良し三人組なのだ」

「良いことですね……？」

「だが転移結晶の上限は四人。もう一人、枠があるわけだ。効率を考えるなら四人がベストだ。そうだろう？」

「ええ、はい」

「しかし最後の一人がなかなか見つからない。すぐに辞めてしまうのだ」

「はあ」

「女を入れる。するとリーダーに惚《ほ》れる。奴は、顔も性格も家柄も非の打ち所がないのでな。しかしそんな男だから故郷に婚約者《フィアンセ》がいる。ゆえにリーダーは新規加入者を振る。彼女は辞める」

「モテるんですね……」

「男を入れても同じだ。私か、私の親友に惚れる。振られる。辞める。このパターンが十回連続で続いているんだ」

「うわあ……」

「そこへきみだ！　きみはいい。私に劣情を催《もよお》さない。リンダ——あ、これはさっき話した私の親友だ。彼女に惚れないとも限らないが、まあ会ってみなければわからんからな」

「なるほど……？」

「あ、そうだ、うっかりしてた。一人このパターンもあった。きみは異性愛者か？　同性に興味は？」

「それはないと思います……」

「よし！　ならば結構！　では二人に紹介しよう！　二人とも驚くぞ！　なにせ、きみを勧誘するとは話していないからな！」

「ええっ!?　それなのにこれから会うんですか!?　ダンジョンで!?」

「大丈夫大丈夫！　あははは！」

そりゃ驚くだろうな、と思うナインだった。

☆

「公私混同をするな」

ダンジョン入り口。

ダリアの親友という彼女——リンダは、「彼をパーティに入れる」と宣《のたま》ったダリアに、そう返した。

驚かすどころか叱《しか》られてしまった。ダリアはしゅんとした。

「だって……」

「だってじゃない！　あなたね、その考える前に動く癖《くせ》、治しなさいって言ったでしょ!?」

「でも……」

「こんな夜中に突然いなくなったと思ったら通信魔術《コール》で呼び出して！　何かあったかと思ったじゃない！」

「ごめんなさい……」

　叱られて縮こまるダリア。

　彼女を叱るリンダを、あのお姫様をめちゃんこ怒ってる……と、ナインは呆然と眺めていた。

　背丈はダリアより少し低いが、ナインよりはずっと高い。肩口までの茶色い髪がくるりと内側に巻かれている。黒と緑のマントを羽織っているが、何より特徴的なのは魔術道具の眼鏡《グラス》だ。視力向上はもちろん、はるか遠くまで見通し、標的の特徴や強化魔術《バフ》の詳細までわかるという。一流の援護魔術師の証《あかし》だった。

「ご飯も食べないで部屋から抜け出して！　この子はもう！」

「ご飯は食べたもん！　ナインくんと一緒に食べたもん!!」

　叱り続けるリンダを、横にいた短い金髪の青年がなだめる。

「まぁまぁいいじゃないか。その少年が例の彼氏だね？」

「ま、まだ彼氏ではないぞ！」

「まだって何よ、まだって」

　ナインは緊張気味に挨拶《あいさつ》、

「は、初めまして！　僕は――」

「彼はナインくんという」

　それをダリアが横取りした。ふふん、となぜか得意げに、少年の名前を口にする。

青年は淡々と、

「知っている。それをギルドで調べたのは俺だからな」

「そうだった。ナインくん、この無駄に顔の良い男がうちのリーダー、ユージンだ。胡散臭《うさんくさ》いと思うが、その実とてもいい奴だから、安心して」

「けなしているのか褒《ほ》めているのかわからない紹介だな……。よろしく、ナインくん」

ユージンと呼ばれた青年は、ナインに右手を差し出した。

「よろしくお願いします！」

S級冒険者との握手に、ナインは緊張気味に応《こた》える。

純白の法衣を纏《まと》う青年は、見るからに回復術師という姿だが、ナインのパーティにいた術師とはレベルが違うと一目でわかった。無意識のうちに『この防御魔術を斬るのは骨が折れそうだな』と考える。腰の刀が疼《うず》いている。

その様子をリンダが注意深く見つめていた。隣では、自慢の弟を紹介するかのような態度のダリアが、「そういえば私まだ握手してなかった」と緊張感の欠片《かけら》もなく呟いた。

ユージンは手を離すと、にっこり笑った。

「うん。じゃあ、さっそく行こうか」

リンダも同意する。

「そうね。もう一回ちゃんと見てみないとわからないし。——今度こそ見えるかも、だし」

「えーと……」

困惑するナイン。リンダとユージンは、二人とも完全武装だった。

ユージンが微笑む。

「うちの前衛《アタッカー》の推薦だ。きみの力を見せてほしいが、構わないかな？」

「あ、はい」

リンダが片手を上げる。

「ごめんねー、いきなり。ダリアが無茶言って」

「いえ、僕もご飯を奢《おご》っていただきましたし……」

どうやら本気でこれからダンジョンに潜《もぐ》るらしい。

ユージンとリンダが歩きだし、それにナインが続くと、ダリアがぴたっと隣についた。握手を求めてくる。

「よろしくね、ナインくん」

「あ、はい」

握り返す。柔らかい手のひらだった。なんかちょっと……照れた。ダリアがわきわきと手のひらを握ったり開いたりしてるのはどうしてだろう。

それにしても、とユージンが笑う。

「ダリアくんにいきなり『これからダンジョン行くから来て』と呼び出されたのは驚いたな

あ」

「驚いたどころじゃないわよ。これから寝るところだったのに」

「楽しみだな、ナインくん！」

「胃がキリキリしてきました……」

「んなーお」

四人と一匹が、深夜のダンジョンへ潜っていった。

第四話　規格外、というやつか。

ベーベルのダンジョンは全五層の、短い構造だ。

潜《ひそ》むモンスターも、強すぎず弱すぎず、C級までの初中級冒険者にはうってつけの難易度といえる。

ダンジョンの地底には『霊脈』と呼ばれる不可視の川が流れており、そこからモンスターは自然と発生する。

モンスターは魔石や素材を落とすので、このベーベルのように、街の中にダンジョンを擁《よう》する――ダンジョンを中心に街が発展することもままある。

もちろん、モンスターの討伐《とうばつ》・駆除を怠《おこた》れば、街の中にまで溢《あふ》れ出して危険だ。だから、こういった『街の中にあるダンジョン』というのは、逆説的に難易度が低いのであった。

「……というわけなのだが、知っていたかな？　ナインくん」

「いえ、初めて知りました！　ありがとうございます！」

講義を行ったダリアにお礼を言うナイン。本来ならギルドか、最初に入ったパーティで聞かされるような基礎的な知識だが、彼はそういった機会に恵まれなかった。

「うんうん。素直ないい子だなきみは」

よしよし、とナインの頭を撫でるダリア。

子供扱いされてるなぁ、と思うナインと、この女やはり油断ならない、と思うエヌ。

なおエヌは、ナインの肩の上にへばりついている。

彼らの少し前方で索敵《さくてき》を行っていたリンダが、左手を上げて足を止めた。「敵がいる」という合図だ。

彼女は、ナインたちがまだ視認できていない闇の中をじっと見て、

「雑魚《ざこ》。四匹。体長二メートル、棍棒と手斧《ておの》。ホブゴブリン……かな」

最後尾のユージンが、

「じゃあ、さっそく見せてもらおうか。我々は援護に徹するよ」

ダリアが、頷《うなず》く。

「魔術を斬るという剣術――『七星剣武《しちせいけんぶ》』。ぜひ見せてくれ」

ナインは深呼吸して、答えた。

「はい！」

ステーキ分は働かないとな、と決意を新たにした。

☆

真っ暗な洞窟内。幅一〇メートル、高さ五メートルといった、割と動きやすい通路を、四匹のホブゴブリンはのっしのっしと歩いていた。

松明《たいまつ》を持っている先頭の奴が、彼を見つけた。

「ホブ?」

人間の子供だった。全身が黒いのは闇に隠れるためか。手に握る剣まで黒く、あやうく見逃しそうになる。

全員が気づいた。敵だ。

「ホブゥ!」

ホブBが棍棒を振り下ろす。が、当たらない。少年が避けたというふうには見えなかった。ホブBが、まるで見当違いの方向に殴《なぐ》りかかったようにしか、見えなかった。

もちろん違う。

少年——ナインは、足さばきと体移動によるフェイントで、ホブBの攻撃を誘導したのだ。その動きがあまりにも自然で、まるでただ歩いているようにしか見えないので、ホブBは『避けられた』ことすらわからないのだった。

わからないまま、ナインが隣を通り過ぎる。

「ホブぶ?」

斬られたこともわからないまま、ホブBの首がゆっくりと落ちていく。

「次は……魔術を斬るところが見たいって言ってたな」

「んなーおぉ」

少年の声に、猫が反応した。その鳴き声がまた洞窟内で反響して、ホブゴブリンたちは周囲を見渡す。別の敵がいると思ったのだ。

ナインから目を離したのは、明らかな間違いだったと、彼らは最期《さいご》まで気がつかない。

音は、ほとんどしなかった。

ただ、松明の照らす光に、黒い影のようなものが、走った。

「……あ、倒しちゃった。魔術を撃ってもらわないと困るんだけどな」

「んぷくす」

松明を持ったホブAは、いつの間にか自分しか残っていないことに気づく。血に濡れた黒刀を握った少年の足元には三つ、仲間の首が転がっている。

ところでこの松明は、魔術で点《つ》けた灯《あか》りである。

雑魚とはいえモンスター。攻撃魔術の一つくらいは使えて当然なのである。

「ホブホブゥ!」

松明を向けて、ホブAが叫ぶ。攻撃魔術が発動し、松明の先端から火球が飛び出す。もしも少年が本当にF級冒険者程度の実力しかなければ、この攻撃を防ぐのは不可能であり、あっという間に火だるまになるはずだった。

だがもちろん、そうはならない。

ナインはほっと息を吐く。呼吸による抜重《ばつじゅう》——などといった技術的な意味ではない。

ホッとしたのだ。

魔術を使ってくれて。

これで、ダリアの要求がこなせる。

——七星剣武・斬魔《ざんま》。

ぼしゅ、と火球が真っ二つに斬られた。

ナインは火球を斬った黒刀を振り上げたまま、今度こそ抜重のために息を吐く。

——七星剣武・地迅《ちじん》。

縮地を使ってホブAの後ろに回り込んだ。

端的に言えば、自重を速度に変換した歩法であるが、傍目《はため》にはショートワープにしか見えない。

回り込むと同時に、ホブの延髄《えんずい》に刀を突き刺したナインは、

「これで良いのかな……？」

と、後方で待機しているはずの『紅鷹《くおう》』の面々を振り返った。

☆

「断じて言う。あの黒刀には、魔術は込められていなかった」

リンダとユージンが口を開く前に、先回りしてダリアがそう告げた。

「…………………」

「………………うそでしょ」

たらりと汗を流すダリアは、口の端では笑いながらも、戦慄《せんりつ》を隠せない。

「……参ったな。私にも、やはり見えなかった。彼が何をしたのかさっぱりわからない」

リンダとユージンも困惑《こんわく》気味に、

「私にも見えなかったよ……。援護する暇《ひま》もなかった」

「これは……予想外だな。まるで道化師の手品《マジック》だ。狐に化かされていると言われても納得してしまう。そもそも、あれは本当に魔術なのか？」

「いや、彼はほとんど魔術は使っていないと言っていた。『剣術』だとな」

「……冒険者はみな、同時に魔術師でもあるはずだろう？」

「我々の基準ではそうだ。だが彼はそこに収まらない」

「……規格外、というやつか。困ったぞ。彼の強さがまったくわからない。これでは判断できない」

パーティリーダーであるユージンが苦々しく言った。リンダはもう理解を諦《あきら》めているようで議論の行方《ゆくえ》を黙って見守っていた。

そしてダリアがぼそりと、

「……では、わかるところに行くか」

二人は聞き逃さなかった。

「は？　いや、あなた何を……いやその転移結晶をどうするのって――」

「よせ、やめるんだダリアくん。それはあまりにも早計すぎるから――」

遅かった。

二人が止めるのも間に合わず、ダリアは『記録した場所へ瞬間移動する』アイテムを用いて、その場から跳んだ。

彼女のパーティメンバーである、リンダと、ユージン、そして仮加入のナインとエヌを連れて。

☆

アルメニカ大陸東部。

ガテルオ王国国境付近——人類指定、『危険エリア』。

ベーベルの街から遥《はる》か彼方《かなた》の地に、ナインはいきなり跳ばされた。

暗い森の中のようだった。木々が密集し、視界が悪く、奇妙な鳥と虫の鳴き声が聞こえる。

「は？　——へ⁉」

慌《あわ》てて周囲を見渡すと、不敵な笑みを浮かべるダリアと、眉間《みけん》を押さえてワナワナ震えているリンダと、何もかもを諦めたように微笑むユージンがすぐ近くにいた。

「み、みなさん、これは……？」

ナインの問いはかき消された。

「このばかーーーーーーーー‼」

リンダがダリアに噛みついたからだ。いや正確には、噛みつくように怒鳴ったからだ。

対するダリアは涼しい顔で耳を塞《ふさ》いでいる。

「なんで？　なんでなんでなんで転移結晶使ってまで『ムゥヘル』に跳ばしたの⁉　あなたはどうしていつも考えなしに進んじゃうのーーーー⁉」

耳から手を離して、腰に当てたダリアは、余裕の笑みで答えた。

「ふ……。まぁ待て、リンダ。私にも考えがある」

「嘘。ぜったい嘘」

「まずはナインくんに説明しよう」

と、ダリアはナインに目を向ける。

「断念しようとしていた依頼《クエスト》エリアに来た。私たちはこれから、とあるモンスターを狩る。その手伝いをきみにしてほしい」

説明になってない。

ユージンが助け船を出す。

「俺たち『紅鷹《くおう》』は現在、ガテルオ王国から依頼を受けている。この地方の『危険エリア』の領域が広がりつつあるから、これ以上の拡大を防いでほしいという内容だ」

この大陸は、モンスターと人類で領土を奪い合っている。

モンスターの棲《す》む『危険エリア』が人類の住むエリアを侵食してくるので、それを防いでいる状態だ。

大陸のいずれの国も、また大陸冒険者ギルドも、最終的には、危険エリアをすべて排除するつもりである。

大陸東部に位置するこの国の、さらに東側——海岸線から数百キロに渡り、広大な『森』が広がっていた。

　魔の森だ。『危険エリア』である。

　人類が名づけた名称は『ムゥヘルの森』。

　森全体がモンスターであり、日に日に『人が棲めない領域』を拡大させていた。

　数十年前から不可侵領域だったこの森だが、近年急激に規模を広げ始めたのだった。

　この国が擁する冒険者たちでは、この森の瘴気《しょうき》や、棲息《せいそく》するモンスターに太刀《たち》打ちできなかった。大陸冒険者ギルドに依頼を出し、そしてギルドは『紅鷹《くおう》』を推薦した。

　だが――。

「俺たちはもう、二回失敗している」

　ユージンが淡々と告げる。

「そして明日の朝には、この森の浸食は国境まで到るだろう。そうなれば、国境付近の村や町はすべて放棄《ほうき》される。住民は避難を余儀なくされ、これまでの生活を失い、国は領土を切り取られ、ギルドと俺たちはまた一つ信用を失う」

　タイムリミットが迫っていた。

「三度目の正直。最後のチャンスのつもりで、ダリアくんの魔術大剣を改良《バージョンアップ》した。だが調整が間に合わなかった。ギルドにA級以上の補充要員を依頼したが、それも間に合っていない。

――俺たちは、依頼を諦めるつもりだった」

「そん、な……」

在野最強のＳ級冒険者のパーティが、依頼に失敗する？

そんなことが、あるのか？

いや――この依頼《クエスト》は、それほど高難度ということなのか？

ユージンは、ナインの心を読み取ったように、頷いた。

「これは、『邪竜討伐依頼《ドラゴン・クエスト》』なんだ」


思わずダリアを見る。

彼女は「うん」と頷いた。

「私の大剣は間に合わなかったが、その代わりにきみが来てくれた」

「僕が……？」

「今一度、頼む。私たちと一緒に、竜を倒してくれ」

☆

ナインたちが跳んできたのは、紅鷹《くおう》の張ったベースキャンプだ。

そこにはユージンによる『魔物除《よ》け』や『人類守護』などの結界が張られており、人間なら魔力を吸われて数分で死に至るこの『ムゥヘルの森』での活動を可能にしていた。

ベースキャンプのある場所は、森の最西端。ガテルオ王国の国境付近である。

初回に挑《いど》んだ時はまだ、ここは森の中ではなかった。二度の失敗による時間経過で、森の浸食が広がっていき、このキャンプをも飲み込んだのだ。

ナインたちの行動開始は三〇分後。

今は、斥候兼《スカウト》、観測役《オブザーバー》のリンダが配置につくのを待っている。彼女のマントには結界同様、ユージンの魔術が込められており、森の中でも活動できるようになっていた。

ナインはダリアたちに今回の作戦の概要《がいよう》を聞き、装備やアイテムの再確認をして、時間が来るのを待っている。

☆

『私は反対』

観測報告を行っている通信魔術《コール》で、リンダは仲間二人だけにそう告げた。

大気中の魔素《マナ》を介して特定の相手と通信を行うこの魔術は、複数人と合わせることで同時通信魔術《チャット》も可能になる。

会話の相手は、リンダとユージンだ。

ナインも通信魔術用の魔石《コール》は貸与《たいよ》されたが、彼は通信を開かれていない。

『ふむ。聞こうか』

ダリアが脳内でそう返事をした。口は動かさず、声にも出さず、ナインの方をちらりとも見ないで、彼女らは議論を開始する。

『いきなり彼を邪竜討伐依頼《ドラゴン・クエスト》に引っ張り出すなんて。あの子だって迷惑でしょう？』

『彼は受けてくれた』

『それはあなたが高級料理を奢《おご》ったとか、あなたに憧《あこが》れてるとか、そういう気持ちでしょうが』

『え……私に憧れているのかな』

『照れるな。そうじゃない。あなたはあの子の憧れを利用してるってこと』

『……そうかもしれない』

『あの子、下手《へた》したら死ぬわよ。いくらユージンの再生魔術があるからって、万能じゃないんだから』

『私は、そうは思わない』

真っ向から否定され、リンダは反論の角度を変える。

『いきなり古竜討伐なんて無茶よ。あの子、まだ冒険者になって三カ月目なんでしょ？　しかも今まで基礎も教わってこなかったんでしょ？　可哀想じゃない』

『私たちだって三カ月目には古竜を倒していたじゃないか』

『それは魔術学園でさんざん訓練したからでしょうが。しかも私たちは三人で、よ』

『彼だって訓練は積んできた』

『〝魔術の〟じゃないでしょ』

『ああ。魔術を斬る、剣術をだ。十分じゃないか？』

リンダがため息、

『……あのね、あなたがあの子を気に入っているのはわかるけど、私たちはあの子の実力がぜんぜんわからないの。「魔術を斬る」って言ってるけど、私には見えなかった。ホブゴブリンの火球が偶然、分裂しただけかもしれないじゃない』

『そんなことは万に一つも有り得ないと、きみだってわかっているだろう？』

『魔術を斬るなんて眉唾《まゆつば》よりは遥かに信憑性《しんぴようせい》があるよ』

『私は、見たままを信じる』

『………』

リンダが黙り込む。リーダーであるユージンが仲裁に入った。

『議論は平行線のようだ。さて、彼の力は未知数だが、同じ前衛《アタッカー》であるダリアくんの意見を重視するなら――少し感情が入っているきらいはあるが――俺は「やれる」と思っている。一度は諦めようと提案した俺が言うのもなんだが、この依頼は失敗できない。彼は必要だ。しかし』

『…………』

『…………』

『まだ三カ月目のルーキーをいきなり古竜討伐に引っ張り出す危険性は無視できない。彼が死ぬかもしれないし、彼との連携が取れなければパーティ全員に危険が及ぶ可能性もある。特に、一番危険なのは、彼と連携して戦う前衛《アタッカー》であるダリアくんだ。そこで俺からの提案は、』

『…………』

『…………』

『彼に「身代わりの護符」を貸す。例の道化師から貰った、二度まで攻撃を回避できるアレだな。それを彼が使用したら、即座に撤退する』

『質問、というか提案』

『リンダくん、どうぞ』

『ダリアがあの子を庇《かば》う可能性が考慮されていない。あの子のせいでダリアが死ぬ危険性は無視できない。念のために言っておくけど、あの子がたとえS級だって私は同じことを言うからね。訓練もなしに前衛《アタッカー》が連携するなんて、自殺行為でしょ？』

『それもそうだな。では、ダリアくんが庇った際も、即座に撤退する』

『それだけじゃ足りない。ダリアがもしあの子を庇ったら、今後一切あの子とは関《かか》わらないと約束して。そうじゃないと、安心できない。ダリアはあの子に熱を入れ過ぎているから』

『ふむ。どうかな、ダリアくん』

『了承した』

即答だった。

『彼が「護符」を使用したら撤退する。私は決して彼を庇わないし、もし庇ったら二度と彼とは関わらない。もちろんパーティへの勧誘も行わない』

ふぅ、とダリアがため息。

『思わず身体が動きそうになるかもしれないが、彼を勧誘できなくなるのは困るから、なるべく我慢しよう』

『……意地悪だって思わないでよ？』

『もちろん。きみは私と彼を、そしてパーティ全体を心配してくれている。ありがとう、リンダ。私は良い親友を持った』

リンダがわざとらしく、

『ふふん。わかってるならよろしい』

『大好きだよ』

『馬鹿って言ってごめんね』

『いいよ』

ユージンが締める。

『──よし、では決まりだ。彼を使う』

議論は決着を見て、

「んなーお」

そして黒猫が鳴いた。

☆

「これは一度まで攻撃を回避できる護符だ」

ユージンに、トランプのカードにしか見えないそれを渡されて、ナインは尋《たず》ねる。

「一度まで回避……ですか？」

「ああ、身代わりになってくれる。その道化師《ジョーカー》がね」

カードはジョーカーだった。ピエロが笑っている。

「きみと、パーティ全体の安全を考慮して、撤退の条件を追加した。『きみがこれを使った時』。そして『ダリアくんがきみを庇った時』だ」

「ダリアさんが……？」

「ああ。まぁ、彼女の性格上の話だと思ってくれればいい」

――確かに、あのお姫様は弱い者を率先して守りそうだ。

と、ナインは勝手に納得した。

「……立派なひとなんですね。わかりました。足を引っ張らないよう、頑張ります」

「頼む。きみの力を見せてくれ」

ぽん、と肩に手を置かれた。

そして――時間が来た。

「三〇秒前だ。開始と同時にきみたち二人を前線へ送る。準備はいいな？」

「OKだ」

「大丈夫です」

ユージンが、ダリアとナインの肩にそれぞれ手を置いた。彼の纏《まと》う法衣の全体に、いくつものタトゥーのような『模様／紋様』が現れる。ユージンだけではない。ダリアもリンダも、装備する魔道鎧《よろい》が発光している。

戦闘準備だ。紅鷹《くおう》はこれから『国家ひとつを相手取っても後《おく》れを取らない』とされる自分たちの戦闘力を最大限に発揮するつもりだった。『全力を出す』。装備の発光現象はその心持ちの証《あかし》であり、発露《はつろ》される本気の象徴である。

自《みずか》ら発光させているわけではない。魔導鎧（鎧に限らず法衣やマント、籠手《こて》も含む。攻撃・防御・補助を問わず、魔術強化が付与される防具全般を便宜《べんぎ》的にこう呼んでいる）に魔力を流して魔術強化を起動させると、内部に刻まれた魔術回路が光を灯《とも》すのだ。いわゆる仕様である。そしてそれは魔力量が多ければ多いほど輝きを増すため、S級パーティである紅鷹《くおう》のメンバーの発する光は極端に明るく、対して魔力皆無なナインの発光は弱々しい。

　戦闘において『発光現象』は必ずしもメリットにはならない。

　目立つからだ。

『よろしい』とユージンの脳内でかつての記憶が蘇《よみがえ》る。『ちょうど良い機会だから、アルメニカ大陸における戦闘の歴史を少しだけ遡《さかのぼ》ろうか』

　思い出されるのは、ダリア、リンダ、ユージンが通っていたノヴァンノーヴェ王立魔術学園において歴史家ヨン・ウェンリーが講義した内容だ。本来の授業テーマは『帝国主義及び共和制政治の衰退と王国型民主主義の台頭』であり、リンダは熱心に授業内容に耳を傾け、ユージンも真面目《まじめ》に聞いていたが、隣のダリアは眠たそうにしていた。まだ彼らが一〇歳になるかどうかの時分である。王国軍の元・将校である特別講師ヨンは、うつらうつらと船をこぎ始めた学園創設以来の天才児ダリア——ただし魔力量と魔術においてのみ——を見て、「やれやれ」と苦笑しながら彼女でも興味を持ちそうな話に切り替える。

「その昔。魔術がごく限られた者にしか使えない『神秘』であり、魔石による火砲が発達していない頃、つまり重装歩兵による整列前進と騎馬隊による突撃こそが大規模戦闘において重要な役割を占めていた時代は——」ここでダリアの目がぱちりと開いた。「味方兵士の士気向上や敵兵の戦意喪失が勝利に直結する要因となることがままあるため、一部の傭兵団は派手な衣装で戦うこともあったんだ」ユージンは口の中でランツネクフィト、と呟く。「さらには、有効な遠距離攻撃手段が『数十年単位で訓練されたごく少数の弓兵』による長弓《ちょうきゅう》での狙撃に限られていた。当時の石投げやクロスボウは、歩兵や騎兵の鋼鉄製の鎧や盾《たて》には、大した脅威《きょうい》にならなかった」

隣のダリアが身を乗り出した。

ヨンは続ける。

「そのため、目立つことはそれほど不利にはならなかった。当時は魔道鎧などはなかったけれどね。

でも、時代は代わる。

発掘された神代の魔術武器による攻撃魔術はもちろんのこと、近年ではいわゆる魔術弩弓《クロスボウ》につがえる魔術矢／魔術弾丸の性能が飛躍的に向上し、大した訓練もしていない新兵及び初級冒険者でも遠距離狙撃が可能になった。僕としては喜ばしいけどね。訓練はするのもさせるのも大変だ。時間も労力もたくさんかかるし、疲れるから」

自嘲《じちょう》気味に笑うヨン講師の言葉に、授業でひたすら訓練に励んでいるユージンとリンダがさもありなんと頷き、大したことはしなくてもたいてい一番になってきたダリアは「そんなものか」という顔をした。

「現代魔術文明による戦闘では、目立つことはデメリットの方が大きいんだ。対国家間戦闘を主目的とした軍隊の兵士は言うに及ばず、対魔物やダンジョン攻略を目的としている冒険者もそうだよ。冒険者は小規模戦闘が多いとはいえ、大軍を相手にすることもある。きみたちは優秀な生徒だ。この学校で魔術を学び、将来は軍人となるか、冒険者になるか、それとも僕のような雇われ講師になるかはわからないけれど、『魔術を行使する者』つまり『魔術師』になる以上、そういう戦局と向き合うこともあるだろうね」

そう――と記憶の中にいるヨン講師に、すっかり成長したユージンは頷いた。

今回の紅鷹《くおう》のように、敵が〝竜〟であり、さらに多くの魔物を率いているようなケースがそれだ。魔道鎧の発光現象はデメリットが大きい。

前衛であるダリアは敵の注目《ヘイト》を集める必要があるため、中・後衛のユージンは遮光に回す魔力消費がもったいないためにそれぞれ光らせるままだが、後衛のリンダは発見＝即死に繋がる恐れがあるためわざわざ隠している。

またナインもそれを承知なのか、隠密性を重視するために魔道鎧の上にただのマントを羽織って簡易的な遮光《しゃこう》としていた。ユージンと比べて『太陽と六等星』くらいの輝度差があるため、それで十分なのだろう。

自分でも眩《まぶ》しいくらいの光が法衣に宿るユージンは、同じく魔道鎧を起動させたダリアと、マントで遮光しているナインの肩に手を置いたまま頷いた。

その後、いくつもの戦術と戦略を学んだ恩師の姿を思い出し、

「よろしい」彼の口調を真似て、告げる。「行動開始——一〇秒前。『紅鷹《くおう》』、覚悟を決めろ。古竜の進行を阻止《そし》し、俺たちで人類の領土を守るんだ」

ダリアとナインが無言で頷く。

「三秒前、二、一、」

前衛《アタッカー》二人の肩に置いたユージンの手が淡く光る。

「——転移跳躍《テレポート》」

転移魔術をかけられ、ダリアとナインは姿を消した。

「始めるか」

身の丈《たけ》を超える杖《つえ》を持ち、ユージンはそう呟いた。

戦闘開始だ。

第五話　邪竜討伐依頼《ドラゴン・クエスト》

作戦開始　〇《ゼロ》秒後。

魔の森のもっとも外側。危険エリアの端っこには、高い防壁がある。危険エリアと隣接するこの国が築いた壁だ。もっとも、今となってはそこも森に飲み込まれてしまったわけだが。

とはいえ、使えないことはない。たとえば、観測役を置いたりとか。

『──『標的《ボス》』に動きなし。森は時速一〇キロで侵攻中。モンスターは気が立ってるっていうか、テンションが高いわね』

城壁の上で、右膝《ひざ》を立てた状態で座り込み、立てた膝の上にクロスボウを構えているリンダは、眼鏡《グラス》に表示される情報を読み取りつつ、そう伝えた。

後世で『迷彩服《ギリースーツ》』と称される黒と緑のマントに、動きやすそうな小さい魔道胸鎧《むねよろい》と籠手《こて》。手に持つのは魔術武器のクロスボウ──竜殺弩弓《りゅうさつどきゅう》【隼《ハヤブサ》】。

竜を殺すために作られた武器──ドラゴンキラーの聖遺物である。

彼女はクロスボウに備えられた望遠鏡《スコープ》の情報を、自身がかけている眼鏡のそれと掛け合わせて使っていた。

『森の中はエビル・トロールやら大鬼《オーガ》やら大蜘蛛《おおぐも》やら怪鳥やらで盛りだくさん。前回より増えてるわね。二割増しってところ。だいたい――百五十体くらいはいそう』

スコープを移動させる。

『前回消したところはまだ再生できてないみたい。あそこだけハゲてる。やっぱりバ火力《ばかりょく》で押す方向で正解じゃないかしら』

『バ火力とは何だ、バ火力とは。さっきしおらしく「馬鹿って言ってごめんね、ダリア大好き」と言ったばかりじゃないか』

『大好きって言ったのはあなたでしょ。いいからとっとと始めちゃいなさいな』

『――了承した』

スコープから目を離す。眼鏡に映るのは、月のない夜空に浮かぶ一人の魔術師。赤い髪のダリア。彼女はゆっくりと背中の魔術大剣を抜くと、

『撃つ。各員、衝撃に備えろ』

光が奔《はし》った。

☆　作戦開始前

「森を相手に、どうやって攻めるんですか？」

ナインがユージンに尋《たず》ねた。

ユージンが口を開く前にダリアが横取りする。顔が近い近い。

「ナインくんはこういう芝居を見たことはないかな？」

得意げに、彼女はこう言った。

それは人類とは比較的良好な関係を築く某種族から猛烈な抗議が上がり、わずか三日にして千秋楽《せんしゅうらく》となった伝説の炎上芝居劇、

「エルフの森を燃やせ」

☆　作戦開始　三〇秒後

空中で静止するダリアが魔術大剣――竜殺大剣《りゅうさつたいけん》【花炎《かえん》】を抜刀した。

彼女の大剣は鞘《さや》に納まってはいるが、それは形だけのこと。魔力の注がれていない状態では、ただの鈍器《どんき》に過ぎない。ダリアが大剣を抜刀するということは、すなわち、武器の変形機構を起動させるという意味である。

竜殺大剣《りゅうさつたいけん》【花炎《かえん》】は、その変化を四段階に分ける。
一、納刀時。刃のない、ただの鉄塊《てっかい》。

二、ダリアの魔力が注がれた大剣は中心が開き――そう、まるで花が開くように――刃が内から迫《せ》り出してくる。これが抜刀《ばっとう》状態。中心は空洞化するが、激しい熱を持つ。
三、さらに魔力を注ぎ、解放／開放していくと、クリスタル状の魔力刃《じん》が生まれる。
四、最大解放。クリスタル状の半透明な刃には、光が炎のように揺らめく。ダリアの得意とする閃煌《せんこう》魔術が、『光魔法』と通称される所以《ゆえん》はここにある。
以上が、大陸最強と呼ばれる竜殺大剣《りゅうさつたいけん》【花炎《かえん》】の魔術変形機構だ。だが残念ながら、この武器を以《もっ》てしても『ムゥヘル』の古竜を討伐《とうばつ》するには届かなかった。紅鷹《くおう》は【花炎《かえん》】の改良を試みたが、それも前述の通り間に合わなかった。

結局元の仕様に戻したが、ダリアは、自分の性格や魔力特性を鑑《かんが》みるに、これが正解だったと思う。

この武器のコンセプトは単純明快。

百年に一人と呼ばれるほど強力・膨大《ぼうだい》なダリアの魔力を、そのままぶっ放すのだ。

「吠《ほ》えろ――祖龍咆煌《バハムート・ノヴァ》」

大剣から、直径一〇メートルの光線が放たれた。

光線は森の中心部に光の速度で降り立ち、そして、

ゴアああっ!!

爆散した。

着弾地点を中心として半径一キロまでは爆発の光に包まれて、草花はもちろん大木すら一瞬で蒸発した。大地は焼き尽くされ、地表はひび割れ、後には何も残らなかった。

それだけでは終わらない。

本番はここからだ。

爆発によって半径一〇キロに至るまで爆風が吹き荒れる。同時に、魔の森に充満する魔素《マナ》が反応して連鎖爆発——誘爆を引き起こし、爆風の範囲はそのまま二次爆発の範囲へと置き換わる。爆風で根っこから引き抜かれた木々や草花は、吹き飛ばされながら数千度を超える魔力火炎によって蒸発していった。

魔素《マナ》が充満している限りその範囲は広がっていく。つまりこれは『火薬庫に火を点《つ》けた』のと同じであり、魔の森全体がダリアの放った火に焼かれ、数百キロに渡ってこの世の終わりとも思えるほどの巨大な火柱が立ち昇っていた。『爆炎によって立ち昇るキノコのような煙』などという生易《なまやさ》しいものではない。火柱が、雲を貫《つらぬ》くほど高く出現したのだった。

まだ終わらない。強力な爆風を引き起こした中心地は真空状態となり、吹き飛ばした物体を根こそぎ吸い込みだす。発生した竜巻は炎を纏って夜空を焦《こ》がしていく。

大気が乱れ、雷雲が生じ、やがて一帯にはスコールが降りだした。

ダリアが大陸最強の攻撃魔術師と呼ばれる所以が、これである。

『…………これが馬鹿じゃなくて何だっていうのよ』

激しい魔力爆発によって魔素《マナ》が乱れ、ノイズによって誰にも通じないコールに、リンダが呟《つぶや》く。スコープはもちろん、眼鏡の表示もすべてエラーを吐き出している。ていうか、目の前は真っ白である。眩《まぶ》しい。

城壁はぎりぎり無事だが表面がだいぶ焦げている。魔道鎧の結界《バリア》で守られているとはいえ、予《あらかじ》めユージンの守護魔術を施《ほどこ》されていなければ、彼女もまた黒焦げとなっていただろう。

そんじょそこらのモンスター討伐依頼ならこの一撃（一撃？）で終わるところだが、今回は邪竜討伐依頼《ドラゴン・クエスト》である。

眩しさに細めていた目を開けると、焼け野原が広がっていた。そりゃそうよね、と思いつつ、しかしそれでも眼鏡に情報を表示させる。

生き残りがいた。

それも八十体近く。

モンスターである。

「さすがに『魔の森』産ね。活《い》きが良いわ」

この大陸のモンスターは、死ぬと霧《きり》となり、魔石を残す。

他のモンスターが盾になったのか、生き残ったモンスターは、数秒前まで仲間だった霧や、森林火災の煙に覆《おお》われるなか、のっそりと立ち上がった。周囲を見渡し、雨を降らせる天に向かって復讐の雄叫《おたけ》びを上げる。

グおおおおおおおおおおああ!!

数十キロ離れたこちらまでびりびりと音が届く。うるさいわね、と思いつつ、リンダは仲間に告げる。

『生き残りは約八十体。もう何体かは、あなたを見つけたわよ、ダリア』

『了承した。さすがに「魔の森」産だな。活きが良い』

『それ私も思ったわ』

『ではこれより、地上にて殲滅戦《せんめつせん》を行う。観測と援護を頼む』

『了解。気をつけてね』

通信を終えると、スコープの中のダリアは急降下していく。

その背中に、少年と黒猫をへばりつかせて。

飛行魔術を使ってダイブするダリアのマントに、彼女と接着魔術で繋《つな》がれていたナインが声を上げる。

「うわあああっ！　すっごいですね、ダリアさんっ！」

大興奮するナインの声に、ダリアは苦笑した。

「あれを初めて見て『凄《すご》い』と言えるきみが凄いよ。私だって初めて撃った時はドン引きしたのに」

☆

ダリアはもちろん自然破壊をするために砲撃を行ったのではない。森を構成する木々や花々、土や草に至るまで、すべてが『人間の敵』であり『モンスターの味方』なのだ。具体的には、先述した通り『人類種族から魔力を奪って殺害』したり、その奪った魔力を森のモンスターに分けて『強化や弱体耐性を上げる』など様々な恩恵をもたらす。

数百キロに及ぶ『地形効果』を、ダリアは打ち消したのだ。

魔術的な方法を用いた、物理によって。

地形による恩恵を失ったモンスターは、いまやダンジョン内にいる者どもよりも弱体化している。大気の魔素《マナ》は、人類に祝福を与えるからだ。

ダリアが背中に向けて叫ぶ。

「心の準備はいいね？」

「はいっ！」

「結構だ！」

急降下した彼女が着地点にいるモンスターへ大剣を振り下ろす。ついでに一体倒すつもりらしい。

「煌竜直剣《フォトン・ブレード》！」

身の丈《たけ》ほどある大剣が、魔力光を帯びて、数メートルを超える光の剣に変化した。

エビル・トロールがあっさりと真っ二つにされ、霧に還《かえ》っていく。がらん、と落ちたのはモンスターの棍棒だ。ダリアを以てしても武器まで破壊するのは容易ではない。硬いそれは避けつつ、本体だけを切り裂いたのだ。

無事に着地したダリアとナイン。ダリアは返す刀で近くにいた大鬼《オーガ》を三体まとめて斬り払うと、

「ここからは別行動だ、ナインくん。標的《ボス》のもとで会おう！」

「はい！」

「……きみ、本当に一人で大丈夫？」

「大丈夫です！　久しぶりに思いっきりやれそうでワクワクします！」

心強い彼の言葉に、ダリアはにっと笑う。

「ならば良し。ではまた後でな！」

「行ってきます！」

元気よく走りだした少年の背中を見送って、ダリアは嬉しそうに叫ぶ。

「どうした『ムゥヘル』！　早く出てこないと配下がみんなやられてしまうぞ！　あっはっは！」

光の大剣を振り回し、一薙ぎで三体も四体も滅ぼしながら、ダリアは斬り踊る。

その叫びに呼応《こおう》するかのように、大地が揺れた。

☆

飛行魔術で空中に静止しながら、眼下の大地が割れ始めるのを見たユージンは、遠く離れたダリアとナインに強化魔術《バフ》をかけつつ、

——ここまでは予定通りだな。

多少、雑魚《ざこ》の生き残りが多いが、それも誤差の範囲だ。自分たちにとって、エビル・トロールや大鬼《オーガ》など、五十も八十も変わりはない。

眼下には、ダリアに向かう大鬼《オーガ》の群れが見える。その後方に杖《つえ》を向けた。

竜殺神杖【天】。

神が根を下ろしたと呼ばれる大木――真聖樹《しんせいじゅ》から切り出された、竜殺しの杖である。

「――それは反発し、収縮する、凍れる白き極小の部屋。燃焼せよ、破壊せよ、包み込み、解き放ち、融合し、分裂し、ありとあらゆる原罪を以《もっ》て、全てを無と帰《き》せ」

詠唱を行い、そして魔術を解き放つ。

「――熱核爆発光《ハイ・アトミック・ウエイト》」

大鬼《オーガ》たちが固まっている一帯のど真ん中に、ぽつ、と小さな青い光が生まれる。周囲の魔素《マナ》を吸い込んでその核を分裂させ、融合し、億分の一まで圧縮したエネルギーの塊《かたまり》が臨界を迎えると、
ごあああああああああああっ!!

熱核爆発が巻き起こり、半径数百メートルにいた敵を一瞬で蒸発させた。

――ぐおおおおんっ!

――ぎゃああっ、ごぎゃあああっ!

別のグループが自分に気がつく。そうして敵の注目《ヘイト》をこちらに集めれば、

「はっはっはぁ！」

ダリアが光の大剣でばっさばっさと斬り捨てていく。

ユージンは、援護魔術が届くぎりぎりまで再び浮上し、

「──俊敏《クイック》、幻惑《ダズル》、全体防御盾《ホールシールド》、遅鈍重《スロウリィ》、祖竜撃《ドラゴニックパワー》」

油断せず、淡々と呪文を唱え、味方に強化魔術《バフ》を、敵に弱体化魔術《デバフ》をかけ続ける。

それは、後に『賢者』と称される者たちが唱える魔法であり、その元となった魔術であった。

『ユージン、右から鳥が来てる』

『む』

リンダからの通信。見ると確かに、怪鳥が群れをなしてユージンへ向かってきていた。体長五メートルほどで、サメのような鋭い歯をびっしりと備えた大きな口で、人間をごきりぶちりと噛み砕く鳥類型モンスター、マンタロスだ。

一体一体はそれほど固くないはずだ。先のダリアによる空爆から運よく難を逃れたグループだろう。飛行能力と群体行動が厄介なモンスターで、C級あたりの冒険者なら脅威《きょうい》であるが、

「──炎竜閃煌線《ドラグーン・レイ》」

指先から直径一メートルほどの閃光を放つ。

ダリアの砲撃《アレ》ほどではないが、それでも『これを使えたらS級レベル』と称される最高位の攻撃魔術だ。閃光はマンタロスの群れを貫《つらぬ》き、焼き切り、面白いほど簡単に撃ち落としていく。

が、

「ふむ」

いくつか撃ち漏《も》らした。杖による物理攻撃で応じようと構えたところ、

ぱぱぱぱんっ！

後方から弧を描いて飛来した光弾によってモンスターが撃ち抜かれていった。すべて霧へと還っていく。

リンダの援護射撃であった。クロスボウによる遠隔狙撃魔術《ハウンド》だ。ありがとう、と告げようとしたら、それより早く得意げな声が通信に乗って届く。

『お礼ならいいわよ？』

ユージンは軽く笑って、

『もちろんだ。それが仕事だからな』

『つまんない男ー』

『ありがとう』

『それにはお礼言うのね』

そういうことではないが、と思いつつ、ユージンは次の魔術に取り掛かる。

――大地の揺れが大きくなっている。来るな。

「総員警戒！　標的《やつ》が来るぞ！」

その通りだった。

大地が揺れ、地割れが生じ、そして――

ずどどどどっ！

高さ数百メートルを超える巨大な『土の杭』が、突如として大量に隙間《すきま》なく地面から出現し、地上にいたモンスターを串刺しにした。

味方の攻撃ではない。

これは『たとえ配下が多少犠牲になろうとも人間どもを殺す』という意志の表れ。


――るぉおおおおおおおおおおおおおん……！


大地を割って、それが出てくる。

古《いにしえ》の邪竜。遥《はる》か古代に、神龍・そして人間と戦い、敗れ去った者どもの生き残り。

種族：地竜。

種別：岩竜。

個体名称――アースドラゴン、『ムゥヘル』。

体長三〇〇メートル。高さ一五〇メートルを超える山のようなモンスターが、紅鷹《くおう》の前に出現した。

『三度目だな』

『ああ、今度こそ仕留《しと》める』

ダリアとユージンが、それぞれ浮上しながら地竜を見下ろす。

『ところで一つ確認したいんだけど』

遠方から観測しているリンダが、土の杭によって串刺しになっているモンスターと、もはや『地面』と呼べる場所がなくなった大地を見て、尋ねた。

『…………ナインくん、生きてる？』

それに応《こた》えるかのように、土の杭が数本まとめて崩れていった。

『はいっ！　――うわぁ、なんかでっかいのが出てきましたねっ！　岩亀ですかっ⁉』

魔境となった大地を足で走り、巨大な杭を刀一本で次々と切り裂きながら、少年は実に楽しそうに、そう訊いてきたのであった。

竜だよ、と三人が同時に思った。

第六話　そんな剣術があってたまるか！×3

アースドラゴン・ムゥヘル。

それが、『魔の森』の主《ぬし》であった。

本来の能力は『オーバルグラウンド』。直径数百キロにも及ぶ『土を自由に操る』能力である。そしてその支配域は、地下深くにまで達する。

地割れが起こる。大地の下から、モンスターが這《は》い出てくる。

アースドラゴンが土の中で純粋培養《ばいよう》していたやつらだ。この森の土は古竜によって汚染されており、そこで熟成されたモンスターどもは地上にいた者たちとは比べ物にならないほど強力になっていた。

『――前回より数が多いな。どうする、もう一発爆撃するか？』

『いや、やめておこう』

ダリアがリーダーに尋《たず》ねると、即座に反対された。

『きみの魔力だって無尽蔵《むじんぞう》じゃない』

『あと二発なら撃てるが?』

『一発はトドメに。もう一発分の魔力は機動と近接戦闘に回してくれ。作戦通りだ』

『了解』

ユージンが叫ぶ。

『紅鷹《くおう》、ここが正念場だ!　ベストを尽くせ!』

『おうっ!』

『はいはい!』

『にゃおー!』

ダリア、リンダ、そして(僕まだ紅鷹《くおう》の一員じゃないよな)と尻込みしたナインの代わりにエヌが応《こた》えた。

湧いて出てくるエビル・トロールや大鬼《オーガ》、大蜘蛛《おおぐも》に怪鳥マンタロスを、ダリアが斬って捨て、ユージンが魔術で蹴散らし、リンダが狙撃する。

撤退した前回よりも遥《はる》かに敵が多く、そして強力だ。しかし、戦況は優位に感じられる。

全員が、ふと思う。

――戦いやすい……?

――この位置取りは……。

――やはり、ナインくん!

一人、先行して走る少年が、いつの間にか戦場を支配していることに、気がついた。

☆

『リンダさん、下です！』

「へ？　――うわっち！」

城壁の上でリンダが叫ぶ。隠密無在魔術《ステルス》で透明化&気配遮断を行いつつ狙撃していたが、ついに見つかったらしい。鳥どもがこちらに群れをなして飛んできた。それはいい、見えている。

だが、そいつらを撃ちまくっていたら城壁が突然吹っ飛んだのだ。

アースドラゴンの土の杭がずどどどっ、と城壁に次々と突き刺さり、自分のいる場所を炙《あぶ》り出しているようだった。

怪鳥は囮《おとり》だった。危なかった。ナインの声がなかったら自分は今ごろ杭に貫《つらぬ》かれていただろう。

しかし、ほっとしている暇《ひま》はない。敵に場所が知られたのだ。狙撃手にとってそれは、死を意味する。

「こりゃまずいっ！」

自分はあの二人のように飛行魔術なんて使えないのだ。ちょっと浮くくらいならできるけど、そんなことしても鳥に仕留められるか杭に貫かれて『モズのハヤニエ』にされてしまう。

――あ、これってどっちにしろ鳥に食われるやつだなぁ！

などと思いながらマントを脱いで隠密無在魔術《ステルス》を解除、崩れ落ちる城壁の上を猛ダッシュ。つがえようとしていたクロスボウの魔術矢《カートリッジ》を放り投げ、自由になった左手を掲《かか》げる。

「――来て、光隼召喚魔術《ハヤブサ》！」

籠手《こて》に埋め込まれた魔石と回路が光る。その光は籠手から飛び出すと、彼女の足元に集束していく。

それは、巨大な光の鳥だった。

「うわっひゃあ！　ギリギリ危機一髪！」

マントを翻《ひるがえ》して崩れ落ちる城壁からジャンプする。彼女を背で受け止めた光隼《ハヤブサ》が飛翔した。

怪鳥がそれを追うが、あっという間に振り切って上昇する。

「この子の速さを舐《な》めんなよー！　おら、くらえ！」

魔術矢《カートリッジ》をつがえたクロスボウを構える。弩弓《いしゆみ》の前方に三つの非表示化《みえなく》した魔術陣が描かれ、放たれた矢は魔力光弾となってモンスターに降り注ぐ。

きゅどどどどどっ！

あっという間にマンタロスを焼き鳥にすると、地表から自分めがけて飛び出してくる巨大な土の杭を躱《かわ》しながら、たった一人で地竜に急接近する少年の背中をスコープで見た。

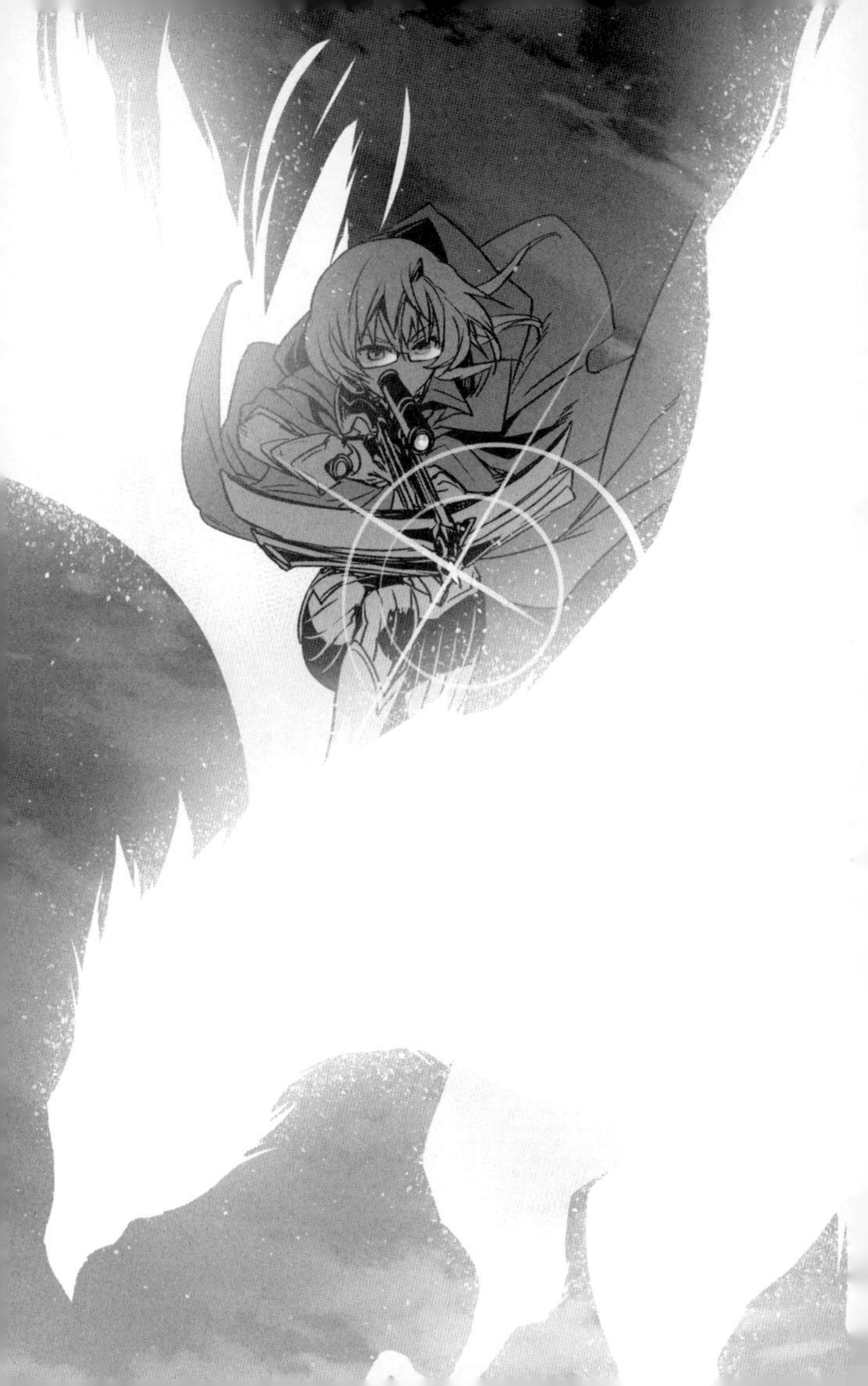

あろうことか、彼は振り返ると、軽く会釈《えしゃく》してみせた。

――なんでこの距離でわかんのよ。

リンダの背筋がぶるりと震える。あの子は、この距離で自分が見えているし、自分が見たことすらわかったのだ。

思えば、あの子はさっきから――地竜が現れる前からそうだった。射出魔術陣を三つ展開し、ダリア、ユージン、ナインの三名を同時に援護射撃していたが、ナインはまるで『後ろに目がある』んじゃないかと思うほど正確に、リンダの射線に入らないのだ。

それどころか、自分が撃ちやすいように場所を空ける素振りまで見せた。それがまた、狙撃手なら「うし！」とガッツポーズを取りたくなるくらいベストな照準なのだ。

しかも、この弓は真っ直ぐ飛ばない。先ほどユージンを援護したように、ある程度の誘導性を持って敵に向かっていく。だがナインは、それすらをも計算したかのように動く。

まるで、こちらの射線が視えているかのように。

何度も何度も訓練をともにしたダリアとユージンがそれをやるならわかる。

いや、ダリアとユージンですら、そこまで正確な動きはやらない。それを気にし過ぎると、かえって狙撃の邪魔になることを、二人は知っているから。

援護射撃はあくまで援護。

前線で戦う仲間が撃ち漏《も》らした敵、あるいは気づいていない敵を倒すのが役目。

しかしナインの場合は違う。射線を正確に空け、自分に撃たせる。

いや、撃たされている。

ダリアとユージンへの援護射撃は何度か外した。それは構わない。いちいち気にしていてもしょうがない。彼らに当たらなければそれでいいし、極論すれば敵を倒す必要すらない。彼らの負担を少しでも減らせられれば援護射撃としては十分だ。

しかしナインの場合は違う。一発も外さなかった。自分が撃った矢は吸い込まれるように敵へ当たり、まるで自分の指が操られているかのように勝手に引き金を絞っていく。

そう、撃たされているのだ。

あまりの命中率の高さに、彼の魔術陣だけ矢が余ったほどだ。今も、ほら――。

ぱぱぱぱんっ！

ナインに群がる怪鳥の群れに照準を合わせようとした途端、彼が右に動いた。自分は迷いなく、半ば無意識にトリガーを引く。引くと同時に照準のど真ん中に怪鳥が入る。光に迫る速度で発射された魔力弾丸が、スコープの中で怪鳥を撃ち落としていくのが見えた。

思わずリンダは叫ぶ。

『ねえ、さっきの攻撃といい、今のといい、なんでわかったの!?』

彼は答える。

『剣術です！』

☆

遅かった、とユージンは思った。

自分が飛行魔術で浮遊しているこの高度まで、敵の土の杭が届きだした。しかしさらに上昇すれば援護魔術が届かなくなるし、魔素《マナ》が薄くなって動きも鈍《にぶ》る。

幸い、杭による攻撃は予備動作がある。人間がくしゃみをする前に息を吸うように、一流の拳闘士が見抜く相手の肩の微《かす》かな動きのように、大地がわずかながらに回転するのだ。

過去、二度の敗北は、敵の情報を紅鷹《くおう》に与えていた。

恐らくナインは、事前に伝えたこの情報を参考にして、敵の攻撃を躱《かわ》し続けているのだろう。

地面の上を走りながら。

一秒にも満たない刹那《せつな》でその予兆を捉《とら》えて。

エビル・トロールや大鬼《オーガ》を斬り捨てながら、誰よりも地竜に接近しているのだろう。

——恐ろしい少年だ。

彼とダリアに強化魔術《バフ》をかけつつ、ユージンは大地の動きに目を凝《こ》らす。飛行している自分は、地表にあるよりは猶予《ゆうよ》があるとはいえ、予備動作を見逃せば即座に土の杭に貫かれるに違いない。

だが、それには気がつかなかった。

怪鳥マンタロスによる波状《はじょう》攻撃を魔術で撃ち落としている隙《すき》を突かれ、周囲を土の杭で囲まれる。逃げ場が消える。真下の大地に予備動作が生じる。飛行魔術で上昇を試みるが、
遅かった、とユージンは思った。

そう思った時にはもう、自分はリンダの矢で弾かれていた。

「――っ!?」

威力もほとんどない射撃だった。まるで自分を押し出すためだけに撃たれたような――いや、その通りだったのだと、法衣だけを貫いた土の杭を見て理解する。

ぎりぎりで躱せていた。リンダに助けられたのだ。

――いや、違う。

リンダではない。

ナインだ。

ナインが、リンダを見ながら、自分を指差していた。まるで『ユージンを撃って助けろ』と言わんばかりに。恐らく言葉にしていては間に合わないタイミングだったのだろう。それくらいギリギリだったのだ。

法衣の貫かれた部分を破ってその場を離脱しながら、思わずユージンは尋ねる。

『助かった！　だがなぜ!?』

『剣術です！』

☆

ようやく追いつきそうだとダリアは思う。

地竜が現れるまでは自分は雑魚《ざこ》掃除を担当していた。そして機動力に欠けるであろう——飛行魔術が使えないのだから当然だ——ナインを、標的《ボス》が出現すると予想した地点に向かわせていた。

それはいい。

だが、地竜が出現し、作戦は第二フェイズへ移って、違和感を覚える。

土の杭を躱し、雑魚を斬り捨てながら、標的《ボス》のもとへ猛スピードで飛行しているのに、一向に追いつかないのだ。

少年は走っているだけのはずだ。縮地《しゅくち》（？）という剣術の技で一時的なテレポートらしきものはできるようだが、それを連発しているようには見えない。身体に纏《まと》う魔道鎧《よろい》とユージンの強化《バ》魔術《フ》のおかげでかなり身が軽くなっているようだが、それにしたってせいぜいが馬の速度だろう。自分が追いつけないはずがない。

だが、実際に追いつけていない。

彼は無駄がない――一切減速しないのだ。

現れるモンスターを斬るときも、土の杭を躱すときも、まるでどこに出現するかわかっているかのように走っていく。そうして、すれ違いざまにバターでも切るかのようにすっぱりと斬り捨てて進んでいく。

――未来予知の魔術か？

時空系魔術にはそのようなものも存在すると聞いたことはある。しかし魔術学園でも、大陸冒険者ギルドでも、正確に未来を知るという魔術は確立されていなかった。

未来を視《み》た時点で、その結果が変化してしまうもの――『観測した』という事実が未来に影響を及ぼす――だったり。

視た未来は変化しないものの、同時に複数の未来を視るもの――数多《あまた》の可能性から一つを選ぶのは困難――だったり。

実戦で使用するには些《いささ》か信頼性に欠ける技術であった。

あの少年がそれを使っているとは思えない。

だが、それに匹敵するような技術を有しているのは、間違いないだろう。

そしてそれは、彼の言う通り『魔術』ではない。自慢も謙遜《けんそん》もするつもりはないが、自分は生まれた時から膨大《ぼうだい》な魔力量を有していた。同時に、それを操る技術――魔術にも秀《ひい》でていた。

人類はもちろん、エルフやハイエルフですら、ここまでの魔力量と技術を持つ者は少ないだろう。

その自分ですらわからないのだ。理解できないのだ。彼が、なぜああも『先の結果』が読めるのか。なぜこうも『視野が広い』のか。

なぜこうも『強い』のか。

やっと追いつけた——だがそうではなかった。

彼は追いつかせたのだ。

少年が振り返る。黒髪がなびき、惚《ほ》れ惚《ぼ》れするほど綺麗な瞳が覗《のぞ》く。宝石のようなそれが、自分の——真後ろに向けられる。

ナインは、何も言わずにすれ違った。

ただ、ダリアと、その背後にあるそれを見ていた。

そうだ。彼は追いつかせたのだ。

ダリアの背後から出現した、大きさや長さよりも『速さ』に特化させた高速の杭を斬るために。


——ぎっぃぃ…………ん！

土の杭——練り上げられた魔術で固められたそれは、鋼《はがね》の強度を容易に超える。

少年はその杭をやはりバターのように切り裂いて、ダリアを守った。

本当なら今ごろ自分は、まったく気がつくことなく杭に胸を貫かれているはずだった。

――どうやって。
『どうやって見抜いたんだありがとう⁉』
振り返って、ナインが微笑む。
『剣術です！』
三人が同時に叫んだ。
「「「そんな剣術があってたまるか!!!」」」

大陸東部。

危険エリア『ムゥヘル』――通称、魔の森。

森を焼き払った影響で発生したスコールはあっという間に止《や》んでいた。

代わりにいまは、熱せられた水蒸気が変化した霧《きり》と、『杭』によって巻き上げられた土煙が大気に漂っている。

そんな、地獄じみた光景となった戦場を、刀を携《たずさ》えた黒衣の少年剣士が疾駆していく。

左手は鞘《さや》を、右手には黒刀を握り、馬を超える速度で、立ち塞《ふさ》がるモンスターと土の杭を切り払いながら、標的《ボス》へ向かう。

☆

「すごい、すごいすごいすごい！」

大地を疾走しながらナインが興奮気味に叫ぶ。

「体が軽い！　風になったみたいだ！　S級の強化魔術《バフ》ってこんなに凄《すご》いんだ！」

一足《ひとあし》で三メートルも五メートルも前に進む。思い切りジャンプすれば一〇メートルくらい跳べそうだ。

人間は、生きている限り誰でも魔力を有している。

ナインはそれが、極端に少ないだけだ。

その極端に少ない魔力を絞り出して、魔道鎧《よろい》の身体強化魔術を起動させていたのだが、ユージンの強化魔術《バフ》はそんなものよりも遥《はる》かに凄い。彼やダリアが装備している法衣や鎧は、魔力消費が激しい分、着ているだけで常にこれと同程度の強化魔術《バフ》がかかるという。

魔力がたくさんある人は羨《うらや》ましいなぁ、と思いつつ、

――七星剣武《しちせいけんぶ》は、持たざる者の剣術。

父の言葉を思い出す。

魔力が少なくても、魔術が使えなくても、自分には剣術がある。

それはそれとして、S級の強化魔術《バフ》が凄いのは変わらないけれど。

だってほら、こんなにジャンプできるし。

大鬼《オーガ》に向かって跳躍したら飛び越しちゃった。二〇メートルくらい跳んでいると思う。取りこぼしたが、自分が戻るよりも、後ろから破竹《はちく》の勢いで進んでくるダリアに任せるべきだと判

断する。

それにしても跳び過ぎだ。

「猫になったみたいだ！」

着地際《ぎわ》、地面に「うねり」が生じる。『土の杭』の予備動作だ、とユージンから聞いている

ナインは察知、息を吸う。

剣術の基本中の基本。

敵の動きを、視《み》るために。

——七星剣武・天雪《てんせつ》。

ナインが剣術を使い、そして世界は時を止める。

地面のうねりが止まり、舞い落ちる粉塵《ふんじん》が止まり、立ち上る煙も止まる。

ナインが空中で静止しているのは飛行魔術を使ったからではない。ナイン自身も止まっているからだ。

目に映るのは、色が反転した、白黒の世界。

暗い夜空は真っ白に、光る星々は黒くなる。

まるで、天に雪を積もらせたように。

見えるのはそれだけではない。思考と感覚が流れ続けるナインの視界には、色鮮やかな様々な川が視える。

否《いな》、これは『線』だ。

自分を貫《つらぬ》くように走る円錐状の線、周囲を縦横無尽《じゅうおうむじん》に走っていく弧を描く線。

太さや形の異なる大小さまざまないくつもの線が、停止した世界を走っている。

『攻撃の線』である。

原理は定かではない。父から聞いたはずだが、幼すぎて理解できなかった。大気中の魔素《マナ》に自身が飛ばした魔力を反応・共鳴させて、あらゆる生命の『これから取ろうとしている動き』を事前に見抜く技——だったと思う。イルカがやってるやつに似てる、と聞いたけど、それもよくわからない。

わかるのは、今この自分を貫いている線は、竜の放とうとしている土の杭だろうということ。そして周囲を走る線は、リンダの援護射撃だ。これに被《かぶ》らないよう動きつつ、杭の最も脆《もろ》い部分を切れる位置取りのための『移動ルート』を思考する。

剣術で培《つちか》った『鳥瞰《ちょうかん》』の技術も組み合わせれば、周囲数百キロに渡って敵の攻撃線も把握できる。さすがに全部視るのは頭が痛くなるが、パーティ全員の位置くらいは把握できる。

後方にいるダリアが、エビル・トロール三体をまとめて斬り払う線が視える。彼女を貫く線はない。

さらに後方にいるユージンが、爆発魔術と閃光魔術を同時に使うのが、もはや線ではなく面となって視える。

体感時間にしておよそ五秒。

天雪を解除したナインは、着地と同時に飛び出してきた土の杭を見もせずに斬り捨てると、跳躍の勢いを一切殺さずに前進する。

――少しでも早く、竜に近づく！

黒い影が、誰よりも速く、巨大なドラゴンへ接近していく。

――…………。

☆

不愉快だった。

古竜、アースドラゴン・ムゥヘルは、この少年がよく視えていない。

元より矮小《わいしょう》な人間どもは視覚では捉《とら》えにくい。魔物の頂点に立つ〝竜〟は、動物が持つ五感に加え、魔力を感じ取る第六感も備えているが、それも視えにくい。

この少年は人間の中でも小型のうえに、ちょこざいにも夜闇に紛《まぎ》れるような黒衣に身を包み、さらに厄介なことに『魔力が皆無』なのだ。

いや、僅《わず》かにはあるようだが、限りなくゼロに近い。そんなものはないのと一緒だ。生物はみな魔力を持つものだが、こいつのそれはまるで虫のようだった。ただでさえ人間など虫にも等しい存在の竜にとっては、もはや微生物のようにしか感じない。

想像してほしい。

目で捉えられないほど極小の微生物が、自分の放った土の杭を——喩《たと》えるなら指や手に等しいそれを、まったく理解できない方法で切断しながら、じわじわと接近してくるのである。

残りの三匹はよく視える。奴らは人間にしては多量の魔力を持っている。うち一人は自分にも匹敵するほどだ。

そして奴らがその手に掴み、その身を包むのは、我ら〝竜〟を討ち滅ぼすために鍛生《たんせい》された、あの忌《い》まわしき『ドラゴンキラー』だ。

神が人間に与えた、竜殺しの武器だ。

そいつらが目障《めざわ》りにも輝いているのはよく視える。あの光を見ていると、数百年前の決戦で受けた傷が疼《うず》く。奴らを駆除せと叫ぶのだ。

不愉快だった。

百年にも及ぶ休眠を終え、ようやく魔力が全盛期の十分の一にまで回復したのだ。森を広げ、人間どもからさらに魔力を吸い上げ、力を取り戻そうとした矢先に、早々と人間どもが攻めてきた。

忌まわしき——数百年前の遺物《ドラゴンキラー》を携えて。

二度の戦闘で追い払ったものの、一匹として殺せていなかったようだ。今度こそ戻ってこられないよう、直接捕食してやろうと思っていた。

だが奴らは、よくわからない微生物を連れてきた。ドラゴンキラーも持たない、魔力もない、栄養にもならないウイルスを。

ふと、気づく。

自身が支配する大地を睥睨《へいげい》しながら、古《いにしえ》の邪竜はその可能性に思い至る。

——まさか、あれは。

そういうものなのか？

我々を殺すための——病毒《ウィルス》なのか？

〝竜〟の感知をすり抜け、気がつけば身を喰いちぎっている、悪性の微生物《けもの》なのか？

悪性——いや、神性の？

黒い影が迫りくる。手に刀を提《さ》げて。背に黒猫をへばりつかせて。視えない脅威《きょうい》が近づいてくる。

☆

マントのフードにへばりついている黒猫のエヌが、喉《のど》を鳴らした。

「どうしたの？」

土の杭を斬りながら、背中のエヌにナインが訊《き》くと、

「ぶにゃう。なお？」

あなたが指示を出した方がいいんじゃない？

「え、僕が？　なんで？」

「んにゃご？　ぶにゃん、にゃぷすす」

今までとは違うのよ？　敵も、味方も。あなた一人で捌《さば》ける相手じゃないし、あなたを奴隷扱いする彼らでもない。

「でも……」

「きゅるんにゃ？　ぶるぶるにゃぁす」

あなたが遠慮をしていたら、みんな死ぬわよ？　これは決して思い上がりじゃないし、尻込みしている場合じゃないと思うわ。

「……それは」

「んにゃあ？　にゃくるりゅ」

さっきの会話を聞かせたでしょ？　彼らならわかってくれる。信じなさい。

「……エヌがそう言うの、珍しいね」

「んぶるくすす！　んな、なおのあう」

うるさい！　ほら、早くしないと。

「――わかった。ちょっと緊張するけど、こう、……提案？　してみる」

「……なんにゃ」

……竜と戦うより緊張するのはどうなの。

そんな会話を終えて、少年は天に祈る。

――生意気なこと言って嫌われませんように！

そうして、父から授かった剣術を使った。

――七星剣武《しちせいけんぶ》・天雪《てんせつ》。

解除して、即座に振り返る。敵の攻撃が、遠距離支援をしてくれている彼女に狙いを定めているのが視えた。城壁の下に、巨大な円錐状の線があった。

貰《もら》ったばかりの籠手《こて》に嵌《は》められた、ちょっとまだ使い方を完全には把握していない通信魔術《コール》を使って、彼女に呼びかける。

『リンダさん、下です！』

幸い彼女は避けられた。うわ、なにあの光る鳥、かっこいい！　とか思ってたら彼女と目が合ったので会釈《えしやく》しておく。生意気なこと言ってすみません。

足は止めない。リーダーであるユージンに命じられた通り、飛行魔術が使えない自分は誰よりも頑張って走らなければならない。

そのユージンに攻撃が向けられているのが視えた。囲い込む気だ。あ、まずい、コールの使い方がよくわからない、ミュートボタン（？）押しちゃった、ちょうどリンダがこっちに射線を向けている、振り返ると目が合った、そのままリーダーを指差す。

彼女はすぐ理解してくれたようで、ユージンを撃って回避させた。さすが、腕がいいなぁ。あ、ミュート解除これか。

ダリアがもう追いついてきた。すごい、速い。エビル・トロールや大鬼《オーガ》を雑魚《ざこ》扱いするかのように倒しまくっていたのに。さすがエースだ。彼女は自分と連携を取るために低空飛行に移行して――まずい。あの色はまずい。後ろから速いのが来る！

振り返る。ダリアは驚いたような目で自分を見る。宝石みたいな綺麗な瞳に見惚《みと》れそうになるけど我慢してすれ違い、彼女を襲おうとしていた土の杭を斬り捨てた。たぶん自分がやらなくてもダリアなら避けられただろうし、迎撃もできただろう。いや、ダリアに限らず、三人とも回避できたに違いない。

それでも「なんでわかったの」「助かった」「ありがとう」と声をかけてくれる。それが嬉しい。前のパーティは、自分がカバーするのが当然だったから、こういう『仲間同士の掛け声』みたいなやりとりは一切なかったのだ。

この三人は本当に良いパーティだ。たとえ意見が分かれても、冷静に話し合い、妥協点《だきょうてん》を探り、最後には「大好きだよ」と気遣《きづか》うのも忘れない。

こんなパーティに自分が本当に入れるのか、一員になれるのか、やっぱりまだ疑問だけど。

せめてこのクエストだけは、この人たちと一緒に精一杯、戦いたい。それなら、自分だけ尻込みするのは、彼らにも失礼かもしれない。

――きみの力を見せてくれ。

そう、言われたのだから。

だから自分は、力を見せよう。

ナインはちょっと照れながら、答える。

――これが僕の、

「剣術です！」

「「「そんな剣術があってたまるか!!!」」」

「にゃおーう」

良いツッコミだわ、とエヌが鳴いた。

リンダが笑いながら、

『もうなんでもいいわ！　助かったからどんどんやって！』

ユージンが頷《うなず》いて、

『ああ！　剣術の概念《がいねん》が揺らぎつつあるが構わない！』

ダリアがそれはもう得意げに、

『どうだ、私のナインくんは！　凄いだろう！』

「あなたのじゃないでしょ」

「きみのではないだろう」

「ぶにゃーー!!　シャー!!」

二人と一匹から抗議された。

☆

「リーダー、右斜め上から来ます！　なんか——今までと違う感じです！　多いです！　雨みたいな！」

ナインが、視えたものを伝える。ユージンは即座に理解して、

『ストーンシャワーだ！　岩が降ってくるぞ、各員警戒！』

竜が岩の雨を降らせた。

背中の甲羅《こうら》から土の杭を垂直に発射したのだ。それがオーバルグラウンドの領域全体に降ってくる。

『わかってんならいくらでも対処ができるってもんよ！』

リンダが光隼《ハヤブサ》に乗ったまま、降ってくる土の杭を次々と撃ち落としていく。

合流したダリアとナインは、間近に迫った岩竜を見上げながらさらに接近、

「ダリアさん、十歩先、下から速いのが来ます！　八本！」

「！　承知した！」

ずどどどどっ！

低空飛行するダリアは地面の予備動作を見切ると、身体を捻《ひね》っただけで、上昇せずに全て躱《かわ》してみせた。ナインは思わず賞賛する。

「凄いですっ！」

「いや凄いのはきみだが！　どう考えても！」

「なおーう」

『追い詰めつつあるぞ！　ダリアくん、ナインくん、ここだ！』

中距離を保ちつつ支援するユージンがそう叫ぶ。叫びながら、強化魔術《バフ》を二人にかけている。

霧《きり》と土煙が舞う夜の戦場で、ダリアとナインが竜に挑む。すでに雑魚はほぼ倒した。あとは本命のみ。

夥《おびただ》しい数の杭が放たれる。大きさではなく数で攻めてきた。

ダリアとナインが串刺しになる。

そしてすぐに掻き消えた。

幻だったのだ。
戦場を覆う霧と土煙の中から、大量のダリアとナインが飛び出してくる。ユージンの幻惑魔術だ。
竜の放つ杭は次々と二人を貫くが、どれも手ごたえはない。後方の賢者は爆発魔術を連発し、光る鳥に乗った狙撃手が矢を撃ち続けてくる。どちらも大した威力ではないが、竜にとって鬱《うっ》陶《とう》しいことこの上なく、そしてそれよりも、
ドラゴンキラーを携えた極大魔力の剣士と、
正体不明の黒猫のような極小魔力の剣士が、
竜《おのれ》を殺し得《う》る二人が至近距離にまで迫ってきている事実に、

――るぅおおおおおおおおおおおおおおおおん！


竜が吠《ほ》えた。

大気を震わせるその大咆哮《だいほうこう》は、霧や土煙はもちろんのこと、飛び散った魔石や木々、リンダの乗る光隼《ハヤブサ》はおろか、物理的実体を持たない幻や放たれた閃光魔術をも吹き飛ばす。

しかしその音の壁を、ダリアは魔道鎧に施《ほどこ》された魔術防御で、ナインはそれすら斬ってみせて突破する。

「飛ばすぞ、ナインくん！」

「はいっ！」

巨大な竜の真正面、飛行していたダリアが勢いそのままに降り立った大地を滑走する。

ずざざざ、と停止したダリアは大剣を腰だめに構える。両腕、腰、両足に魔術を込める。着地したのは踏ん張りが必要だからだ。打ち合わせ通りである。ナインは彼女に両足を向けて跳ぶと、

「――最初の一手、きみに託した!!」

フルスイングされた大剣の腹がその足の裏を捉えて、ジャストミートした。

魔術を伴った人外の馬鹿力でかっ飛ばされたナインは、空を切り裂いて竜に突っ込んでいく。

「託されました！」

黒猫の剣士が、竜を殺すべく飛翔する。

第八話　閃紅のダリア

作戦開始前——ブリーフィング。

「あと一手が必要だったんだ。きみには、私がそこに辿《たど》り着くまでの道を切り拓《ひら》いてほしい」

これまでの戦闘の状況や標的《ボス》の特徴を聞いたナインは、最後にダリアからそう頼まれた。

「あと一手、ですか」

「ああ。ユージンの説明にもあったが——」

ダリアは腕を組んで、あまり悔しくなさそうに、

「初戦は森を焼かないままドラゴンと戦い、いつまでも回復し続けるモンスターや竜を相手に、ジリ貧になって撤退した」

「それで——『エルフの森』作戦」

このパーティが人間《ヒューム》だけで構成されていて良かったとナインは思う。エルフはもちろん、ドワーフや獣人がいても眉をひそめられかねない。

「二戦目は、〝竜〟に肉薄するところまでは行ったのだが、最後の最後で攻撃を阻《はば》まれてしま

った。誠に残念だ」

これまた大して残念でもなさそうに、自信満々の笑みを浮かべたまま、ダリアが続ける。

「それが——」

☆

——『土の壁』！

天雪《てんせつ》を使って止めた時間の中で、ナインは自身が向かう先に分厚い壁が現れる線《みらい》を視《み》た。

壁は地竜を囲むように立ち塞《ふさ》がろうとしている。それもご丁寧《ていねい》なことに、前後左右、さらには上部に至るまで。

まるで砦《とりで》のように、ドラゴンを囲おうとしていた。

前回の戦闘では、ダリアが全力砲撃でこれを撃ち抜いた。そこまでは良かったのだが、中にいるドラゴンはほとんど無傷。魔力不足に陥《おちい》ったパーティはそれでも果敢《かかん》に挑んだが、結局は撤退した。

この壁を破るのに、ダリアの砲撃以外の手段が必要になったのだ。そのために改良、あるいは人員補充をするはずだったのだが、どちらも間に合わなかった。

ゆえに、ナインの仕事はシンプルだ。

──この『壁』を、斬ればいい。

リンダの集中狙撃を以《もっ》てしても、ユージンの熱核爆発魔術を以てしても、この壁は破れなかった。

しかし、自分であれば。

ただ、『魔術を斬る』だけならば。

飛翔するナインは、二秒後に出現するであろう『土の壁』に備えて、息を吸う。

──七星剣武《しちせいけんぶ》、

アースドラゴンがぴくりと動く。ユージンの強化魔術《バフ》を受けた自分がようやく視えたのだと、ナインにはわからない。ただ、自分を認識したと理解した。

それでいい。

地竜の、四つの足の前二つに、力が込もるのが見えた。これまでとは違う動き。この戦闘において、いまだ見せたことのない動き。

その巨大な目が自分を見る。自分を見下ろす。その目が言っている。

まさかこのような小さきものにこれを使うことになろうとは。

ナインは思う。

──その慢心が、きみを斬らせる。

地響きが起こる。そう思った時にはもう、少年の目の前に巨大な土の壁が現れていた。高さ二〇〇メートル、厚さ一〇メートルを超す、古《いにしえ》の竜による、あらゆる古代の防御魔術が施《ほどこ》された、この大陸のどの城壁よりも硬い固い防壁が瞬時に生まれる。
予想外の展開など、有り得ない。
ナインは息を吐いた。

――斬魔《ざんま》。

土の壁は、一枚岩ではない。それは逆に、壁を強固にする術理でもあった。これを構成する魔術は複雑に絡《から》み合っている。どこを破られても瞬時に隣の魔術が起動し、その穴を埋めるようにできている。過去、古の昔、神々との戦いでムゥヘルが生き残ることができたのもこの魔術防壁があったからだ。神龍《バハムート》によって大陸そのものが消されようと、地下深く――星核外殻層《マントル》に潜《もぐ》ったこの防壁は決して破られなかった。神龍の加護を受けた聖女による物理攻撃《右フック》も、この防壁を貫通してムゥヘルに届くことはなかった。あの当代一の極大魔力を持った赤い髪の魔術師も、この防壁を消し飛ばすだけで精いっぱいだったのだ。ゆえに有り得ない。予想外の展開など有り得ない。この防壁は絶対であり、なにものも徹《とお》さない絶対無敵の防御である。

その壁を、ナインはあっさりと、斬り裂いた。

刀の射程ではない。

刀身の長さなど関係ない。

それが『魔術で構成されたもの』であれば、ナインの刃《やいば》はどこまでも届き、斬り裂いていく。

高さ二〇〇メートル、厚さ一〇メートルを超え、古の竜による、あらゆる古代の防御魔術が施された、この大陸のどの城壁よりも硬い固い防壁が、
瞬《また》く間《ま》に、
横一文字に分断された。

――……………ばか、な？

竜が驚きに目を開いた、ようにナインには見えた。「馬鹿な」と、自分でもそう思う。壁の表面を斬ったら、斬撃が遥《はる》か彼方《かなた》までまるで水の波紋のように広がっていったのだから。

ゆっくりと、土の壁が後ろへ崩れていく。

ナインは思う。

――もう一丁。

少年に容赦はない。今度は縦《たて》に斬り裂いて――次は袈裟《ななめ》に、逆袈裟《またななめ》に、一秒間で都合十六回にわたって壁を斬りつけた。

至極当然のこと、その分、壁は分割される。

そしてこれは不可解にも、壁は魔術によって再生されなかった。斬られた壁はそのまま崩れ落ち、ムゥヘルの上に圧《の》し掛かると、あろうことか『ただの泥』へと変化していく。

竜の意識には、なぜだ、という疑問しか浮かばない。

だから気がつくのに、少しだけ遅れたのだ。

「見事だ、少年!」

当代の最強魔術師が、魔力を溜《チャージし》めていたことに。

それも——〝竜〟の真上で。

砲撃《はなつの》ではなく、直接打壊《たたきつけ》するように、急降下しながら。


「——祖龍剛撃《ゴッド・スマッシュ》!」


アースドラゴンの胴体に、神の一撃がぶち込まれた。

瞬間的に放出された魔力量があまりにも大きいために夜が真っ白に染まる。次いで衝撃とともに走るのは音だ。大地が、地殻が、星が壊れてしまうのではないかと思うほどの轟《とどろ》きが魔森を駆け巡る。森を焼き払った一撃に勝るとも劣らない——否《いな》、完全に今回の方が破壊力が増している。ダリアの大剣が〝竜〟の強力な外殻《こうら》をぶち抜いて直接叩き込んだ極大魔力は、赤《あか》い紅《あか》い閃光《ひかり》の柱となって雲を突き抜け天まで昇っていく。

それを、攻撃に巻き込まれる一瞬前に、光隼《ハヤブサ》に乗ったリンダによって首根っこを掴まれて退避しながら見たナインは、ただただ感動していた。

――綺麗だ。

技を放った魔術師ダリアの通り名を思い出す。

その光はまさに、『閃紅《せんこう》』だった。

☆

リンダの光隼《ハヤブサ》は、立ち昇る光の柱を中心に旋回していた。

光隼の後ろに乗ったナインは、落ちないようにリンダの腰を掴んでいる。幸いにも彼女のベルトに『二人乗り《タンデム》』用の握りがあって、直接身体がぴったりくっつくことはない。ドキドキしちゃうからね。

リンダはナインを振り返ると、

「やるじゃん！　見直したよ！」

とにっこり笑った。親指をぐっと上げる。

「あ、ありがとうございます！」

「……それと、ごめんね。私、最初は、きみは作戦に入れない方が良いだろうって話してたんだ」

リンダがぽつりと、謝った。

ナインは慌《あわ》てて首を振る。

「いえ、いいんです！　当然ですよ。僕は『無能』ですし、F級ですし、それに前衛《アタッカー》はシビアな連携が必要？　になるでしょうし」

「おや、よく知ってるね。うん、まぁ、そんなところ。でもきみは想像以上に凄《すご》かった」

いまだ収まらない光の柱を――その発生源たるダリアを見下ろして、リンダが自嘲《じちょう》気味に笑う。

「結局ダリアが正しかった。あの子はいつもそうなんだよ。考えなしに猪突猛進《ちょとつもうしん》したかと思ったら、実はぜんぶ正解だった、みたいな」

「さすが、詳しいんですね」

「まぁ小っちゃい頃からの仲だからね。あ、もちろん、突っ込んだだけで失敗したことも山ほどあったからね！　そのたびに私がフォローしてきたんだから。そこんとこ忘れないでね」

思わず笑ってしまう。

「はい」

リンダも笑って、

「――さて、あんまり二人でイチャイチャ話してるとまたあの子がうるさいから、そろそろ降りますか」

と、彼女は眼下を見る。

天まで届く光の柱は徐々にその輝きを失っていき、残ったのは灰も残らない大地。

光の発生源であるダリアは、振り下ろした大剣を背中に納めると、上空を旋回するリンダたちを見て、手を振って、それから「あっ！」という顔をした――ように見えた。

遠くからだから、ナインの目にははっきりとはわからないが、何やら抗議しているように見える。大火力の魔力放出を行ったため、まだ魔素《マナ》が不安定なせいで、通信魔術《コール》が使えないのだ。

リンダが苦笑、

「あー、あれは何かつまらないこと言ってるね。もう少し離れろとかなんとか」

「……？　魔力光の影響がまだあるってことですかね？」

「いや、私ときみがもう少し離れろってこと」

「えーと、つまりこの光る鳥さんでこの場所を離れた方がいい……？」

絶望的に会話がすれ違っているのを認識して、リンダは「もうそれでいいや」と笑った。

「あの子も回収しないと。ほとんど魔力も残ってないだろうし、飛ぶのも一苦労でしょ」

「あ、近づいて大丈夫なんですね」

すいーっと光隼《ハヤブサ》が高度を下げていく。その最中に、焼き払われた森と、杭だらけになった大地と、あちらこちらに散らばるモンスターだった魔石の輝きを見る。

すごい戦いだった、とナインは思う。

S級冒険者たちは――この人たちは何度もこんな戦いを繰り広げてきたのか。ベーベルのダンジョンで、階層主《ボス》のエビル・トロールを相手取って大怪我《おおけが》を負ったのが遠い昔に思えてきた。つい数時間前のことなのに。

彼女たちと出会ってからまだ一日も過ぎていない。

ていうか、自分はベーベルの街に戻れるのだろうか。ここで解散、ということになったらどうしよう。どうやって帰ったら良いのだろう。国境付近にあるという村から乗り合い馬車でも出てればよいのだけど。

そんな他愛《たわい》もないことを考えながら、頭の片隅で何かが引っかかる。

雲を吹き飛ばされた夜空は眩《まぶ》しいくらいに星々が瞬《またた》き、森を焼き払われた大地もまた眩しいくらいに魔石が輝く。モンスターたちは霧《きり》に還《かえ》り、その霧も大地に漂っていた煙とともにいつしか晴れていた。土の杭は自分が斬ったものは泥に変わったが、それ以外は形状を残していて、いずれあそこにも自然の草花が芽生えるだろうか――。

あれ？

あの杭、どうして、そのまま、なんだ？

フードの中で、黒猫の髭《ひげ》が動く。少年の背筋に、寒気が走る。

同時に気づいた。

「にゃぃん！」

「ダリアさん後ろっ！」

まだ遠かった。声が届いたかどうかは微妙なところだった。ダリアの後ろから矢のように放たれた土の杭は、

「——ちっ……！」

彼女の背負った大剣に弾《はじ》かれつつも、ダリアの外套《マント》を貫《つらぬ》いた。

リンダが叫ぶ。

「ダリアっっ！」

☆

赤い髪の魔術師は、背負った大剣を風車のように回して背後の杭を切断する。

二撃目は、すぐに来た。

ずどどっ、という杭の攻撃を、横に跳んで躱《かわ》したダリアは、ごろごろと転がりながら体勢を立て直す。

体に巻きついたマントを広げ、大剣を構え直したダリアが、不敵に笑う。

「ふふ……。コールなしでも少年の声が聞こえたぞ！　友情《あい》のなせる技か……？」

『つまらないこと言ってないで！　平気!?』

上昇しながらコールを使うリンダに返事、

『無傷だ。マントは犠牲になった。お気に入りだったのになぁ！』

『下、デカいのが来ます！』

瞬間、彼女の足元が割れた。

現れたのは、アースドラゴンだった。その鋼《はがね》よりも硬い頭部でぶちかましを喰らったダリアは、ナインの助言で大剣での防御をぎりぎり間に合わせた彼女は、

――人形か。

空中で逆さまになったダリアの視界には、十分の一ほどの小ささになったアースドラゴンが上下が反転した大地に足を着けていた。

彼女が打撃を加える瞬間、竜は自分の外殻を残して、土に潜ったのだ。

そうして直撃を避けた後、再び地上に現れた。慣れた動きだった。ひょっとしたら、同じようにして太古の戦争も生き残ったのかもしれない。

だが無傷ではなかっただろう。その証拠に、敵の魔力も、物理的な大きさも、驚くほど小さくなっている。

もっとも、自分はもっとボロボロだが。

無傷と言ったのは、嘘だ。

背中から杭で貫かれた。どてっ腹にこぶし大の穴が空いている。魔道鎧《よろい》に封じ込められていた、我がリーダーの常時再生魔術《リジェネレイト》は素晴らしいとダリアは思う。すでに傷口には薄く膜が張られているし、何より痛み止めがないのがいい。神経を麻痺《まひ》させるということは、動きが鈍《にぶ》くなるということだから。

もちろん、そんなこと今は話さない。この情報は余計である。どのみち、もう、自分たちは――。

――きぃしゃあああああああおおおおおおおおおおおおお!!

アースドラゴン・ムゥヘルが、これまでにない叫び声を上げた。

今までのような、腹に響く地鳴りに似た音ではなく、思わず耳を塞《ふさ》ぎたくなるほど不快で甲《かん》高《だか》い音。

小型化した竜の周囲に幾重《いくえ》もの壁が張り巡らされていく。土の杭は無作為に地面から飛び出し、一部はそのまま空へと射出された。すぐに広範囲のストーンシャワーとなって落ちてくるだろう。

発凶したのだ。

もう奴は、魔力を温存しようなどとは思っていない。あらゆる魔術を用いて身を守り、ダリアたちを殺そうとするだろう。実に、数百年ぶりの全力攻撃を展開するはずだ。

ただの人間が、古竜をここまで追い詰めただけでも、大金星といえる。

『ダリアっ！』

再びリンダのコールが届く。先ほどと声音が違うのは、彼女がある種の決断を終えたという証《あかし》だ。「それでいいわね、異論はないね」という確認の呼びかけだった。

ぶちかましの衝撃で、いまだ宙を舞うダリアは目を瞑《つぶ》る。

自分たちは、『敵の攻略にはあと一手が必要』だと思っていた。

間違いだった。

足りなかったのは、二手だったのだ。

――しくじった。

一瞬だけ悔恨の念に身をゆだね、そして目を開いた。リンダの問いかけに肯定《こうてい》の意思を示す。

『撤退だ、ユージン！』

通信魔術《コール》でそう告げる。受け取ったユージンは、彼女に言われるまでもなく、すでに転移結晶を準備している。

ダリアは思う。これで自分たちだけは遠くに逃げられる。あの竜の攻撃範囲を遥かに越えて、それこそ大陸の反対側にある街にまで一瞬で転移できる。多くの冒険者パーティが四名で構成されるのも、これ一つの最大転移人数がそれであるからだ。先にユージンが使用した転移魔術のように直接触れなければならないという制約もなく、全員が同時にかつ安全に撤退できる。

自分たちだけは。

しかしこの国はどうだろう。

この国に住む人々はどうだろう。

考えても仕様のないことをダリアは考えてしまう。

冒険者は竜の討伐《とうばつ》に失敗し、自分たちだけ遠くに逃げる一方で——この国に住んでいる人々は日常生活と住居を奪われ、故郷を追われ、ある者は家族や命すら失うかもしれない。

考えても仕方のないことなのだ。すべては竜が悪く、それはまた天災に近い。自分たちは精いっぱいやった。責任を感じることはない。

きっと、ユージンならそう言うだろう。いや、ギルド長も、あるいはこの国の王ですら、そう言ってくれるかもしれない。

だが恐らくこの〝竜〟は、この国を滅ぼした程度では止まらない。

森はより深く、大きく広がり、魔力を貯め続け、モンスターを増やし続け、ムゥヘルは力を取り戻していくだろう。

この国は始まりに過ぎず、やがて大陸東部は全て、こいつに支配されてしまうかもしれない。

あの村も、あの街も、あの国も。――ダリアが生まれた、あの国でさえも。

止めなければならなかった。

ここで食い止めるのが、もっとも被害が少ないはずだった。

――歯がゆいな……。

着地して、膝《ひざ》をついて、ダリアは発凶する竜を見る。

止めたかった。

けれど、もう不可能だ。

『紅鷹《くおう》』はもう限界だ。ユージンも、リンダも、魔力の消耗《しょうもう》が限界に近い。

ダリアはもう飛行する魔力も残っていない。たとえあの壁をナインに斬ってもらっても、本体を攻撃する術《すべ》がない。

お腹《なか》が痛い。穴を空けられたお腹が、とても痛い。怪我をしても泣かなくなったのは、実はつい最近なのだ。十五歳くらいの時分まで、ちょっと負傷するだけでわんわん泣いてリンダに慰《なぐさ》められていた。

発凶する竜を見る。その壁を見る。

そもそも、多層となった壁を斬るのは、ナインですら難しいのではないかとダリアは思う。自分の全開砲撃《フルチャージ》なら、一瞬だけ穴を空けるくらいはできるかもしれないが――。

はて。

あの少年、ひょっとして。

『待ってください！』

ダリアがその可能性に考えが及んだと同時に、少年が叫んだ。

『――僕が、斬ります』

迷いの混じった声。決して怖くないわけでもなく、迷わなかったわけでもなく、勇気を出して振り絞った声。

彼はまだ、十五歳なのに。

きっと彼なら、お腹に穴が空いても泣いたりしないんだろうな、とダリアは思う。

「――あっはっは！」

立ち上がる。

転移結晶に紐付《ひもづ》けられた自分の登録を解除し、通信魔術《コール》で何やら叫んでいるリンダを無視して、高らかに笑う。

「あーはっはっはっは！　あーはっはっはっはははっは!!」

笑うときは腹筋を使う。お腹に力を入れる。せっかく塞がりつつあった傷口から血が噴き出るのがわかるが、構ってはいられない。こういう時こそ、後輩に手本を見せるべきだ。

どんな逆境にあっても、自信満々に、不敵に笑ってみせるものだ。

「ナインくん！」

どんなに痛くたって、もう泣くものか。

「最後の一手、きみに託した！」

大剣を振り上げる。魔力を集束させていく。口から勝手に血が溢《あふ》れてくる。足が震える。これ、後遺症が残るかもしれないな。というか、

――死ぬかもな。

ユージンもリンダも逃げない。逃げていない。転移結晶を使わなかったのか。良い友達を持ったと誇りに思う。

さんざん叫んでいたリンダが静かになった。キレたな。後が怖いやつだ。

ユージンの強化魔術《バフ》がかかる。力が漲《みなぎ》る。

光隼《ハヤブサ》が滑るように飛翔して、自分の砲撃にタイミングを合わせようと背後に陣取った。その背中に、切り札を乗せて。

自然と顔が笑みの形を取る。耳の高さまで裂けそうなほど口の端が上がり、叫びだしたくなるような嬉しさを抱《かか》えて、心中でダリアは叫ぶ。

――後は任せた！

心からそう思えることが、どれだけ素晴らしいことか。一人前になってからずっと『大陸最強』をやっていた魔術師ダリアは、ようやくその相手を見つけることができたのだ。

後を託せる、仲間を。

魔力が練り上がる。ドラゴンを殺すための魔術大剣——竜殺大剣【花炎《かえん》】に、触れただけで融解しそうなほど高熱かつ高密度な魔力が収縮する。ぶわっ、と広がるのは圧縮された魔力の余波だ。わずかに残った魔の草花が、土の杭が、その風を受けて消えていく。

霞《かす》む目を開ける。照準は定まった。

ゆくぞ。古の邪竜。

再び地上に顕現したこの時代に、この私と、私の仲間と、そして彼がいた己《おのれ》の不運を恨み、

「塵《ちり》も残さず消え果てろ！　祖龍咆煌《バハムート・ノヴァ》——！」

閃紅のダリアと、彼女の祖龍《つるぎ》が、命のかぎりに吠《ほ》えた。

閃光が奔《はし》る。固い『土の壁』を極大魔力光線が貫《つらぬ》いていく。

光線を追うように光隼《ハヤブサ》が飛翔する。ダリアが空けた穴は、即座に塞《ふさ》がれるだろう。その一瞬に再びアースドラゴン・ムゥヘルに肉薄し、今度こそ息の根を止めなければならない。

赤い光が消えていく。土の砦《とりで》に大穴が空き、光隼は稲妻のように飛ぶが、

——間に合わないっ……！

リンダとナインは同時に気づいた。この距離では無理だ。突入した直後からもう、たったいま抜けてきた背後の壁があっという間に閉じていく。壁は幾重《いくえ》にも張られており、前方に見える隙間《すきま》もみるみるうちに塞がれていく。このままでは激突してこちらが死んでしまう。

あと二枚。

距離にして一〇メートル。

——ここまで来て……！

リンダが悔しさに顔を歪《ゆが》ませる。あと八メートル。あと一秒さえあれば届くのに。

この切り札を届けられるのに。

しかし、

「ありがとうございます、リンダさん」

その切り札は静かに礼を述べた。

「これで、届きます」

幻覚かと思った。

たった今まで後ろにいた少年が——いや、確かに声は後ろから聞こえたのに——少年の背中が、黒いマントが、リンダの視線の先にいるのだ。

八メートル先に。

ムゥヘルの目と鼻の先に。

その右手に、抜き身の、黒い刀を握りしめて。

☆

『地迅《ちじん》』——縮地《しゅくち》で距離を詰めたナインは、狂気を瞳に宿すムゥヘルを見た。

竜は自分を見てはいない。ただ、近づいたものを見境なく串刺しにする状態にあった。魔力を探知する第六感を使用して。

ムゥヘルが元の巨体のままならば、強化魔術《バフ》の効果が切れかかっているナインはそれすら引っかからなかっただろう。

しかし、ダリアによって追い詰められ、十分の一にまで小型化した地竜は剣士に気がつく。

否《いな》、気がつく前に、半ば自動的に攻撃している。侵入してきたものの正体を見ることすらせず、土の杭を上下から発生させた。

天雪《てんせつ》を始動させたナインは、停止した世界で、自分を貫くおびただしい数の線を視《み》る。

その数、実に七十六。

逃げ場がない――いや、勝ち筋がない。

四十七までは斬れる。七十六までは躱《かわ》せる。だがそれだけだ。回避するだけで精いっぱいだ。

とてもじゃないが、攻撃にまで繋《つな》げられない。本能なのだろう。ムゥヘルの防御は完璧だった。

この線を躱しながら攻撃するルートはどこにも見当たらない。

竜を殺しに行けば己《おのれ》も死ぬ。

そして恐らく、自分の剣は届かない。

あと一歩、向こうが速かったのだ。

正解だ、とナインは思う。

こちらはあと一手が足りていなかった。一度の縮地で跳べるぎりぎりの距離であり、この状態、この体勢から二度目の縮地はできない。自分の負けだ。自分の剣術だけでは、この竜には届かない。

自分の剣術だけでは。

天雪を解除する。時が動きだす。ナインの身体は串刺しにされて――その左手にはカードがあった。

ピエロのカード。

作戦開始前にユージンから渡された、切り札《ジョーカー》だ。

『一度だけ身代わりになってくれる』というその効果を信じたナインは、串刺しにされるのを覚悟で、一歩踏み込んだ。防御も回避もしないで、死ぬ覚悟を持って、あと一手を取りに行く。

正解だった。

串刺しにされたナインの身体がぶわあああああっとトランプのカードに変化する。踏み込んだ右足はそのままに、貫かれたはずの肉体が杭をすり抜けていく。ムゥヘルが目を見開く。自分を認識する。ナインは息を吸った。

再び天雪を使う。真っ白な世界ではもう、自分を貫く線はない。そしてムゥヘルの魂ともいえる線の流れが、地下に逃げようとしているのがはっきりと視える。

――そこか。

二度と逃がしはしない。ダリアが、リンダが、ユージンが。あのS級冒険者たちが『無能』の自分に託してくれた最後の一手、その寄せられた信頼に応《こた》えるため、自分は、竜を斬る。

踏み込んだ右足に力を入れる。『天雪』の解除と同時に『地迅』を使い、さらにあらゆる魔術を破る『斬魔《ざんま》』を浴びせる複合剣技、

――七星剣武《しちせいけんぶ》・月花雪迅剣《げっかせつじんけん》。


雪原のようなその世界で、まるで花が咲くように、竜の血がしぶきとなって舞い散った。

黒刀が、ゆっくりと、鞘《さや》に納まる。

アースドラゴン・ムゥヘルの肉体がばらばらになっていく。首を刎《は》ねられ、胴を斬り落とされ、『核』である心臓も貫かれた古《いにしえ》の邪竜は、森全体を支配し大地を操り神に等しい能力を備えたその古竜はいまや、十数個に分かたれたただの肉塊《にくかい》に成り果てようとしていた。

――るぉおおおおおおおおおおおお…………ん！

壁が崩れていく。

土の天井が落ちる。

夜空の星に見下ろされながら。自分が斬った竜を見下ろしながら。少年は断末魔《だんまつま》の叫びを聞

く。

――きさまは、いったい、なにものだ。

それに答えることもなく。

フードに黒猫をへばりつかせた剣士は、ただ星を見上げて、こう告げた。

「やったよ、父さん」

竜を殺せ、という父の遺言を、思い出していた。

☆

ダリアは、ユージンがしっかり保護していたらしい。

リンダに連れられて、先ほどダリアが全開砲撃をぶっ放した場所にナインが戻ると、ユージンが回復魔術を施《ほどこ》していた。

彼の再生魔術で傷口は完全に塞がっていたが、血が足りないようで、まだ横になっている。

「無傷というのは嘘だったな、ダリアくん。あまり褒《ほ》められたものではないぞ。幸い、命に別状はなさそうだが」

「ばかーーーーーーーーーーー!!　なんで嘘つくの？　なんでなんでなんで？　死んじゃうかもしれなかったじゃない!!」

「わかったから……ちょっと……静かにして……。謝るから……あいたたたた……！」

「ダリアさん！　大丈夫ですか!?」

焼け焦《こ》げた地面に横たわるダリアは、駆け寄ってきたナインの頬に手を置いて、

「ああ――」

と夢を見るように、呟《つぶや》いた。

「男の子をカッコイイと思ったのは、初めてだよ」

それからすぐダリアは眠り、『ムゥヘルの森』にはギルドの応援が駆けつけて、紅鷹《くおう》とナインは近くの街へ引き上げた。


数日後。

すっかり元気になったダリアは「私はそんなこと言ってない」と主張しているが、リンダも、ユージンも、まったく相手にしていない。

ナインが、件《くだん》の発言の真意を測りかねてうんうんと唸《うな》っているのを、黒猫のエヌは「つまんないわねー」という意味を込めて「にゃあ」と鳴くのだった。

☆

一方そのころ。

「バカな！　どうしてそんなこともできないんだ！　お前はA級の冒険者だろう！」

「ああ!?　エビル・トロールの棍棒だぞ！　斬れるわきゃねぇだろうが！」

「ふざけるな！　あの『無能』はできていたんだ！」

「てめぇこそふざけてんじゃねぇ！　そんな真似、S級にだってできやしねぇよ！」

ナインの元のパーティは、崩壊していた。

第十話　とんだ詐欺案件だった

かくして。

ナインの元のパーティ——アイラスのパーティは崩壊した。

順を追って説明しよう。

まずエビル・トロールだが、実のところあれは倒せていなかった。

アイラスがトドメを刺した——つもりになっていたが、逃げられていた。

モンスターは死ぬと魔石になる。だから当然、エビル・トロールの魔石も回収した。

偽物《にせもの》である。

負傷したナインの代わりに回復術師が魔石を回収したが、それはエビル・トロールが逃走用に用意していた『偽物』だったのだ。ただのトロールの魔石である。人間でいうところの『大将首』を別に用意していたのであった。

それからエビル・トロールは、ダンジョン奥地に流れる霊脈から魔力を引き出して傷を癒《いや》し、再び階層主《ボス》として再起した。

ナインの脱退から三日後のことである。

ギルドはすぐに気がついた。アイラスのパーティから『ボスを退治した』と報告を受けたが、誤りであると。

ボスがいなくなったダンジョンは、一時的に難易度が下がる。再びボスが出現するまでの一定期間、モンスターの統率が取られなくなり、彼らの士気も下がるからだ。

ボス（クラスのモンスター）がいきなり霊脈から出現することもあれば、モンスターの中からボスに進化・成長するパターンもあるが、ある程度の時間は要する。

そのため、ボスがいない期間のダンジョンは、初心者や初級冒険者の入門枠として開放されるのだが、ギルドの依頼で先導役として入ったB級冒険者が速攻でダンジョンから引き上げて半ばキレながらギルド職員に報告した。

「ボス死んでないんだが」

マジか、と職員は思う。まさか、こんなわかりやすい虚偽《きょぎ》報告をする馬鹿がまだ存在していたのか、そういう驚きだ。

で、アイラスのパーティに話が行くわけだが。

「ふざけるな！　俺はちゃんと倒したぞ！」

「魔石を見せてください」

「ほらこれだ」

「これただのトロールのですね」

一分で真相が発覚した。

金魚みたいに口をパクパクとさせたアイラスの顔が面白い、と職員はこっそり思った。

アイラスパーティは結果的に嘘をついたことになったが、故意によるものではないと判断されたのと、また被害者が出る前だったため、ギルドの処置も寛大だった。

三日間の活動停止と少々の罰金。

討伐《とうばつ》報告時に魔石をきちんと確認しなかったギルド側の落ち度もあったので、これくらいで済んだと言える。

アイラスは非常にプライドを傷つけられたが、貴族生活で身に備わった社交性はあったので、おとなしく従った。この俺をここまで辱《はずかし》めてタダではすまさんぞあの『無能』め、といつの間にかナインのせいにしていた。

活動停止期間を終えたアイラスパーティは、再びダンジョンに潜《もぐ》ることにした。今度こそエビル・トロールを倒すためだ。『魔石の区別もつかないアホ貴族』などという汚名はそそがなければならない。

前衛が一人欠けたので、ギルドで募集をかけた。

ギルド側も責任を感じたのであろう、A級冒険者を紹介した。

いろんな場所のダンジョンを攻略してきた攻撃魔術師だった。近接格闘魔術が得意で、経験は豊富で、実力も申し分ない。階級だけが高い口先だけのお飾りA級ではなく、実力派のA級だ。エビル・トロールだって、オーガだって、何体も倒している。もちろんパーティを組んで、だが。

アイラスとA級冒険者は、はじめは上手《うま》くいっていた。『経験の浅いアイラスたちに邪魔をされたくない』A級冒険者と、『前衛なら雑魚《ざこ》はすべて倒して当然と思っている』アイラスの思惑《おもわく》が奇跡的に合致《がっち》したのだ。

それにしたってまったく働かねぇなこいつら、と思いながらもA級冒険者はほとんど一人でモンスターを倒しながら進む。まぁいいかC級ダンジョンだし、魔石もちょろまかしてるし、と自分を納得させつつ。

で、ボスまで辿《たど》り着いた。

ここのボスは倒しても良いとギルドから許可が下りている。

さすがにエビル・トロールを単独で倒すのは無理だ。いい加減、手伝ってもらうか。いくらこいつらがC級ったって援護くらいできるだろ。

浅はかだった。

アイラスパーティの後衛魔術師が放った魔術がA級冒険者の背中に当たりそうになったり、地形の把握や位置取りをまったく理解していないせいで簡単に分断されたり、エビル・トロールに少しもダメージを与えられないまま時間と体力と魔力だけがどんどん浪費されていった。

――ダメだこりゃ。

A級冒険者はようやくそう思った。こいつらC級どころかEにも劣るぞ、と後衛のくせに自《みずか》ら突っ込んで陣形を崩してエビル・トロールの棍棒に潰《つぶ》されそうになってるアイラスたちのカバーに入る。

――一人でやった方がまだマシだな。久しぶりにタイマンと洒落込《しゃれこ》むか。ま、無理なら逃げりゃいい。どうせロクな報酬じゃねぇしな。

彼がボスの前に立ち、「ふぅ――」と集中し始めると、

「いまだ、棍棒を斬れ！」

後ろから妙な命令が聞こえた。

無視した。

無視して、エビル・トロールとの一騎打ちを楽しんだ。棍棒も固いが皮膚も固い。喰らえば一発で戦闘不能になる打撃を躱《かわ》しつつ、なんとか一撃を喰らわせても大したダメージになりゃしない。アイラスたちが逃亡に追い込んだと聞いたが、よほど当たり所が良かったのだろう。

おまけに隙《すき》もない。ほぼ予備動作なしで攻撃魔術を撃ってくる。これだって当たれば魔道鎧《よろい》の防御魔術を貫《つらぬ》いて大怪我《おおけが》だ。地道に削っていくしかない。まぁそれが楽しいんだが。

長剣を構えつつ、エビル・トロールと向き合う。

戦況は優勢に傾きつつある。

しかし――後ろから妙な命令は続く。

「そこだ、攻撃魔術を防げ！」

無視、

「なにやってる、防御魔術を破れ！」

無視、

「おい！　なんで俺を助けないんだ！　こっちにまで攻撃が届いてるじゃないか！」

無視、

「もういい！　俺がやるからお前はスキを作れ！　この役立たずめ！」

聞き捨てがならなかった。

大きく後退してボスとの距離を置きつつアイラスの横に立ち、怒鳴る。

「さっきからうっせぇんだよてめぇ！　なんだ？　ヤジのつもりか？　邪魔してんのかコラ！」

「な――何を言っている！　お前こそどうして俺の指示に従わない！　リーダーの命令は絶対だろうが！」

エビル・トロールが棍棒を振り下ろす。

軽く避けるA級冒険者と、ひぃひぃ言いながら逃げるアイラス。

「なななな何をやってるんだ！　さっさと武器を壊さないか！」

「できるかアホ！」

こうして、例の怒鳴り合いが始まる。

「バカな！　どうしてそんなこともできないんだ！　お前はA級の冒険者だろう！」

「ああ!?　エビル・トロールの棍棒だぞ！　斬れるわきゃねぇだろうが！」

「ふざけるな！　あの『無能』はできていたんだ！」

「てめぇこそふざけてんじゃねぇ！　そんな真似、S級にだってできやしねぇよ！　──おわ、あっぶねぇ！」

ボスを前にして行うやり取りではない。

気分も萎《な》えたし、集中力が切れた。これ以上やっても怪我するだけだ。最悪、死ぬ。

「ダメだ、撤退するぞ！　おい転移結晶出せ！」

転移結晶はリーダーが持つのが一般的である。ゆえにA級はそう言ったのだが、アイラスはカチンときた。

言い方が気に入らなかったのだ。

「出せとはなんだ、出せとは！　使ってくださいだろうが！」

「はああっっ!?　てめぇこんな時になにを──もういい！」

A級は自前の転移結晶を出すと、

「死にたくなかったらとっとと逃げろ！」

そう言って、しゅぽん、と消えた。転移結晶でテレポートした。ダンジョンから脱出したのだ。

「な、な、な……何やってるんだアイツは!!」

「あ、アイラス様！」

「エビル・トロールが来ます、我らも逃げなくては……！」

取り巻きの女二人に言われて、しぶしぶアイラスは転移結晶を使う。

「ええい、仕方がない……！」

無事に生き延びられたわけだが、そのあとが大変だ。

ダンジョン入り口で、アイラスはA級冒険者に詰め寄る。

「貴様！　なぜ逃げた！」

だが、そのA級冒険者は妙に冷静だった。

「……おう、無事だったみてぇだな」

「なぜ逃げたと聞いているんだ！」

「契約違反だったからだ」

「なんだと!?」

「今回のことはきっちりギルドにも報告を入れさせてもらうぜ。ギルド経由《けいゆ》で受けたパーティ加入依頼だが、とんだ詐欺《さぎ》案件だったたってな」

「さ、詐欺とはどういうことだ！」

はー……とA級は巨大なため息をつき、

「条件がおかしすぎるんだよ！　F級冒険者の代わりっつーから来てみりゃ、なんだ？　前衛で敵の攻撃を捌《さば》きつつスキを作れ、とどめは俺が刺すだ？　エビル・トロール相手にそんな真似できる奴はとっくにS級だアホ！」

「だが、実際に……！」

「もういい。もーーーういい。喋《しゃべ》んな。お前らとはどうせこれっきりだ。そもそも分け前が四等分じゃねぇってのも気に入らねぇ。小遣《こづか》い稼《かせ》ぎの楽な仕事だと思えばこれだ。とんだ時間と労力の無駄だったぜ。自分の馬鹿さ加減に腹が立つ」

「ま、待ってくれ……！　俺たちはどうしてもボスを倒さなくては……」

「うるせぇ！　あんなクソみたいな報酬で人をこき使おうってのがおかしいんだボケ！　『エビル・トロールの攻撃を一人で捌きながら棍棒を斬ってスキを作る上にクソ安い報酬で働くいもしねぇ超人』を死ぬまで探してろ！」

いたのだ。実際に。

確かにいたのだ。少し前まで。

しかしそいつは――辞《や》めてしまったのだ。

「ま、待て……待ってくれ……！」

待たなかった。そのA級冒険者はぷんすか怒りながら去っていった。振り返りもしなかった。

残されたのは、アイラスと、取り巻きの女二人。

「あ、アイラス様！　次があります、次が！」

「そうですとも！　それに、もしもとなれば、アイラス様のご領地にご帰還なされば良いのです！」

「……お前、俺に冒険者を辞めろと言っているのか？」

「め、滅相《めっそう》もございません！」

「……ふん」

もちろん、女たちはそのつもりだった。アイラスに才能がないことはよくわかっている。とっとと領地に戻って、自分たちを養ってほしかった。

☆

こんな感じのが、三回続いた。

「なぜだ……なぜ……！」

アイラスにはわけがわからない。なぜ揃《そろ》いも揃って雑魚《ざこ》しか来ないのか。Ａ級ってのはみんな口ばかりで実力がない嘘つきなのか。と、自分の実力を棚に上げてギルドに恨みを募《つの》らせていた。

やがてギルドも「もう義理は果たしただろう」と思ったのか、助っ人を寄越《よこ》さなくなった。仕方なくアイラスたちは三人でダンジョンに潜《もぐ》り、ボスどころか雑魚を相手に逃げ惑《まど》う日々を過ごした。

生家からの援助金《仕送り》もなぜか減ってきた。

路銀が少なくなって簡単な依頼《クエスト》に手を出すもやっぱり上手《うま》くいかなかった。高圧的な態度で嫌われていたアイラスは、他の冒険者パーティには嘲笑《ちょうしょう》され、哀《あわ》れみと蔑《さげす》みの視線を受けていた。手を差し伸べる者はいなかった。

元より金で買った『C級』というランクだ。実力はE級どころか初級者レベルなのだが、それに気づかない。いや、プライドが邪魔して、現実を否定する。

あの『無能』のおかげで自分は冒険者でいられたのだ、という事実を、感情が否定する。

「おのれ……おのれ……！」

こんなはずではなかった。

いずれ自分が家を継ぐ。その時、他の貴族に舐《な》められないために、武闘派として箔《はく》をつけるためだけになった冒険者。とはいえ、こんな屈辱を味わったままでは終われなかった。

いきなり冒険者にならず、父の言う通り、素直に魔術師を養成する学園にでも入っておけばよかったと今さら後悔しても遅い。

このままでは終われない。

しかし、どうしようもない。

ナインの噂《うわさ》を聞いたのは、そんなころである。

☆

一方、そのころ。

「ナインくん、準備はいいかい？」

「き、緊張します……」

騎士の、立派な衣装を着せられたナインがおろおろしている。

その隣では、やはり騎士の衣装を着たダリアが、威風堂々と立っていた。

思わずナインは尋《たず》ねる。

「僕、こんな大層な式に出てもいいんでしょうか……？」

「あっはっは、何を言う。きみが主役のようなものだぞ」

『ムゥヘルの森』に領地を浸食されていたガテルオ王国にて、邪竜を討伐《とうばつ》した『勇者』たちを讃《たた》え、民衆にお披露目《ひろめ》する式典が執《と》り行われようとしていた。

第十一話　星の彼方を目指したい

ムゥヘルを倒したあと。

ナインを含む紅鷹《くおう》は、前線の拠点にしていた街に戻った。転移結晶を使ったのだ。

その街に待機していたギルド職員に戦果を報告すると、

「「「うおおおおおおおおおおおおおおおおおお!!!」」」

「「「ぃやったぁぁあああああああああああああ!!!」」」

「これでもうモンスターに怯《おび》えなくてすむのね！」

「ああ、逃げなくていいんだ……」

「助かった……。この方たちは街の、いや国の恩人じゃ……。勇者様じゃ……！」

というような大喝采《だいかっさい》を浴びて、宿の部屋に戻った。

愛の告白みたいな言葉を残して眠ったダリアは、リンダが光隼《ハヤブサ》に乗せていた。

彼女も疲れているはずだ。できるだけ魔力消費は抑えたいだろう。

そう思ったナインが、「代わりましょうか」と、あんなことを告げられた直後で恥ずかしい

気持ちをこらえながら尋《たず》ねたら、

「……かお、真っ赤だよ？」

とリンダにニヤニヤされたあと、

「いーの。私に任せて」

ダリアは誰にも譲らない、とその目が言っていたので、粛々《しゆくしゆく》と後退した。

広い宿だった。

広い部屋だった。

ナインも、個室を与えられた。

湯を浴びて、すぐにベッドに入った。疲れていた。そのはずだ。昼間はアイラスパーティと

ダンジョンに潜《もぐ》って彼らを守りながらボスと戦い、夜には紅鷹《くおう》と魔の森へ進攻し彼らとともに

竜を討ち果たした。

なのに、眠れない。

体はめちゃくちゃ疲れているのに、頭は冴《さ》えわたっている。

「…………」

ランタンの光に照らされた天井を眺めながら、ナインは街で浴びた喝采の数々を思い出す。

人々を守った、らしい。

国を守った、らしい。

父の遺言を果たした、かもしれない。

――竜を殺せ。

ナインに剣術『七星剣武《しちせいけんぶ》』を授けた父は、死ぬ間際《まぎわ》にそう言った。この剣術は、そのためのものであると。

で、あるならば。

一体を殺しただけでは、遺言を果たしたとは言えないのではないか。

そんな疑問が浮かぶ。

「にゃーお」

エヌが枕元にすり寄ってくる。いや、ナインの頭にすり寄ってくる。

そして枕を奪った。

「エヌ……。それ僕の……」

「んにゃにゃ」

良い具合に温まったわ。ありがと。

湯たんぽ扱いされた。

仕方なく隣のベッドから枕を持ってきて（ツインルームだった！　すごい！）、ナインはエヌと枕を並べる。

「僕はまだ、竜を斬るべきなのかな……」

「……んなーお」

あなたの好きにするといいわ。あなたの人生なのだから。

エヌはそう言う。

人生の目標とも言えるべき遺言を果たし、冒険者でいる意味もなくなった――そうなのかもしれない。

でも。

自分は、まだ。

自分は、また。

あの人たちと、一緒に――。

「んにゃぷ」

おやすみ、と言ってエヌが目を閉じる。ナインもランタンの灯《あか》りを消した。

竜を斬った感触と、ダリアに触れられた感触が、手と頬に、まだ残っていた。

☆

翌日。

ギルド職員と冒険者たちによる、森中に散らばった魔石の回収作業が始まった。もちろん正式な依頼だ。そして回収した魔石は、これももちろん紅鷹《くおう》に全て渡される手筈《てはず》になっている。

が、多少ちょろまかした奴がいるかもしれない。

リンダは「まぁそれくらいは仕方ないよね、報酬代わりだよ」と苦笑する。

ダリアは「ネコババ許すまじ」と怒る。このお姫様はどうやら筋が通らないことは嫌いらしい。

そしてユージンは「信賞必罰だよ」と言って、『ムゥヘルの森』産の魔石には特殊な徴《しるし》があることを全ギルドに報告し、これを盗んで売却した者を発見次第、厳罰に処すよう要請した。

「回収要員にはきちんと対価を支払っている。横領はいけない。見逃すと冒険者ギルド全体の風紀が乱れるからね。仕方のないことなんだよ」

穏やかな微笑みを浮かべてそう語る。本人としては見逃してやりたいようだが。

ダリアのように感情で許せないのではなく、リンダのように感情で許してやるのでもなく、理性によって罰しようとするらしい。『王様みたいだなぁ』とナインは思った。

紅鷹《くおう》が、王都から招聘《しょうへい》されたのは、その昼のことだった。

☆

王都から三つの街を中継し、ナインたちが逗留《とうりゅう》する街に通信魔術《コール》が届いた。

ギルド所属の魔術研究者の努力によって、通信魔術の精度が上がり、『通信魔術師』という職業が生まれ、手紙を送るよりも遥《はる》かに早く情報を届けられるようになってから、そろそろ十年が経過する。

大きな街には、通信魔術師の詰め所が一つか二つは必ず存在する。詰めている魔術師は数人から数十人。時間・距離・送る情報量などによって料金は決定される。カネは七割がギルドに入り、残りは街とか国とか様々な相手に配分される。

魔術というのは、自身の魔力を源として何かを行うということであり、つまるところ『人力』である。オールで舟を漕《こ》ぐのと変わらない。水車や馬車や歯車式時計のように、自然や動物や機械の力には頼れない。裏返せば、魔術に頼るこの世は、どこまでも人の力に頼らざるを得ない。だからこそ、魔力がない者は『無能』扱いされるのでもあった。

冒険者のような戦闘魔術師も、引退すればこういった仕事にありつける。たとえば、『転移魔術師』という職業もある。魔石に転移魔術《テレポート》を封印して転移結晶を作ることを専門とする魔術師を指すが、これは非常に希少で、引く手あまただ。ユージンなんかは転移魔術だけでも一生食いっぱぐれないだろう。普通に仕事をするだけで屋敷がぽこぽこ建つ。もっとも、彼の場合は冒険者の方が実入りが遥かに良いのだが。

閑話休題《かんわきゅうだい》。

通信魔術師は受け取った音声情報から文章を起こし、また次の中継地点へとコールを飛ばす。

魔術仕掛けの伝言ゲームである。

その伝言ゲームが、紅鷹《くおう》の滞在する街の詰め所まで届いた。

曰《いわ》く、王様があなたたちを勇者としておもてなししたいのでいらっしゃってください。

朝食の後。

ユージンの部屋にて。

コーヒータイム兼ミーティングを行っていたナインたちは、その伝言を受け取った。

国王からの招聘にも、紅鷹《くおう》の面々は「慣れた」顔だ。

「またか」

「まぁ、悪い気はしないわね」

「光栄なことだ。それに僕らの存在は、人々にとって希望となるかもしれない」

なんか立派なことを言っているユージンに、リンダが茶々を入れる。

「んなこと言って。担《かつ》ぎあげられてるだけじゃない？」

「別に束縛されているわけじゃあない。構わんさ」

「この国には、ね」

「それは言いっこなし。僕らはまだ、どの国にも縛られない、自由気ままな冒険者さ」

含みがある会話だなぁ、と隣で聞いてたナインは思う。

それはともかく。

「皆さんは王都へ行かれるんですね！　すごいです！」

心から祝福した。

そんな自分を、三人が複雑怪奇な顔をして見つめる。

「「「きみも行くんだよ」」」

言っている意味がわからないが、仲が良いなぁ、とナインは思った。

☆

さて、とユージンが話を纏《まと》める。

「——昨日の反省点はこんなところか。一手足りないどころではなかったな。俺の作戦立案能力もまだまだだ。陳謝する」

リンダがテーブルに上半身を寝そべらせて、

「いやー仕方ないっしょー。相手は〝竜〟だし。ていうか森だし。侵攻速度めちゃくちゃ速くて、準備する暇《ひま》もほとんどなかったし」

ダリアは自信に満ちた笑顔で、

「見立てが甘かったのは確かだ。しかしそれは私たちにも言えることだ。リーダーだけが反省するべきではないだろう」

「…………」

「にゃあ」

ナインは黙ってコーヒーを啜《すす》る。甘くておいしい。ミルクと砂糖たっぷりだ。

「A級以上の冒険者を依頼したが、むしろ見つからなくて正解だったな。まさかムゥヘルが『土人形』なる能力まで持ち合わせていたとは」

「〝竜〟だからね。何でもアリだね」

「うむ。人知を超える存在だからな。そしてリーダーの感想には同意だ。A級あたりが来ても焼け石に水だった。竜が出てくるまでの掃除すらできなかったかもしれん」

「…………」

「にゃあ」

掃除というのは、ダリアがエビル・トロールやら大鬼《オーガ》やらを一太刀《ひとたち》で薙《な》ぎ払っていたアレのことだろうか、とナインは甘いコーヒーを啜りながら思う。

「確かにな。いやまったく——俺たちは本当に運が良かった」

「それはそうね」

「同意する」

「…………」

「にゃあ」

これだけ強くても『運が良かった』なんて思うことがあるんだな、とナインは密《ひそ》かに感動している。

そうして三人は自分を見て、

「「「ナインくんが来てくれたからね」」」

「………………はい？」

「にゃあ」

危うくコーヒーを噴きそうになった。

「昨日のＭＶＰは間違いなくきみだ。ありがとう、ナインくん」

「そうだねー。それはゆるぎないねー」

「同意する」

三人がうんうんと頷《うなず》く。

「いつもなら、報酬は四人で山分けだ。だが今回は特別に、ＭＶＰ特賞というものを制定した」

「ＭＶＰ特賞」

「普通の報酬と合わせて、きみにはこれくらい渡そうと思っている」

数字が記された。

一生遊んで暮らせる額だった。

思わず席を立つナイン。

「何かの間違いでは!?」

「少ないかな?」

「多すぎますっ!」

「それだけの働きをしたということだ。受け取ってくれ」

いや、でも……。

あれはみんなで倒したものだし……。

ナインがぱくぱくと口を開け閉めして何も言えないでいると、ユージンは「では納得してくれたようなので続けるが」と、しれっと話を進めてしまう。

「これからの話だが――」

「その前に」

そこに、横からリンダが口を挟んだ。立ち上がったナインを、椅子に座ったまま見上げる。

なにか、試すような目だった。さっきまでののんべんだらりとした雰囲気はどこへいったのか。

「ナインくんは、お父さんの遺言を果たすために冒険者になったんでしょ? 竜を倒すっていう」

「ええっと、はい」

なんだろう、この、尋問《じんもん》されている感は……。

「じゃあ、もう達成したじゃん。おめでとう！　ってことは、だ。――もうきみ、冒険者を続けなくてもいいいんでないかい？」

「あ――」

それは。

そう、かも、しれないけど。

「竜を倒す。そのためにあんなブラックなパーティに入って我慢してたわけだ。魔術が使えないのに、剣術を磨いて、人より何倍も努力して頑張って、ようやく報《むく》われたわけだ。もう一生お金に困らないくらいの報酬は貰《もら》った。お父さんの遺言も果たした。そこで、あえて尋《たず》ねよっか」

氷のように冷たく、リンダが言う。

「冒険者を続ける意味、ある？」

咄嗟《とっさ》に答えられなかった。

ダリアが咎《とが》めるように、

「――リンダ。いくら一緒に死線を越えた間柄でも、ぶしつけすぎるだろう」

「ダリアは黙ってて。私はナインくんに訊《き》いてるの。このまま流されてパーティを組んだんじゃナインくんのためにならない。私たちは、紅鷹《くおう》はね、自由だけど、自由じゃない」

リンダはナインをじっと見つめたままだ。

「いまや『大陸最強』のパーティなんだよ？　どんな危険な場所にだって行く使命がある。私たちが冒険者でいる限り、私たちが冒険者を辞《や》めない限り、誰よりも早く、誰よりも遠く、誰よりも危険な場所へ向かう。人類を代表して冒険をしなければならないんだ。わかっているでしょ？」

この大陸は、いまだ多くの危険エリアが存在する。

そこには邪竜が棲《す》み、人類の生息域を脅《おびや》かしている。

冒険者は、それに挑むのだ。

C級やB級、A級ならいざしらず。紅鷹《くおう》はS級である。すでに六体もの竜を屠《ほふ》ってきた、大陸最強のパーティである。

その責任は、とてつもなく重い。

そしてそれは、彼らが自《みずか》ら選び、望んで背に負ったものだし、その重さを、彼らは心地よくも感じている。

だが、ナインは違う。

ナインはまだ、引き返せる。

だからリンダは念を押しているのだ。確認しているのだ。ナインがどうしたいのかを。

——これは本来、俺の役目だった。

と、心中で不甲斐《ふがい》なく思っているのはユージンだ。その通り、リーダーである彼の役目だった。しかしリンダがあえて嫌われ役を買って出てくれた。「いーの。私に任せて」と言って。ナインも、リンダの真意をわかっている。彼女があえていやらしく言っていることを。

まったくもって、リンダの言う通りだった。

今回のムゥヘルだって、決して簡単な相手じゃなかった。自分の剣術だけでは届かなかった。一対一でモンスターに負けそうになったのは、あれが初めてだった。ユージンから渡された護符がなければ、今ごろ自分は、ダリアのように、身体を貫かれていたかもしれない。

死んでいたかもしれない。

そう思うと、初めて震えが来た。あの戦いが怖いと、初めて思った。

手が震える。唇が乾く。視線が定まらない。汗が噴き出る。

「ナインくん、大丈夫？」

震える手を握ってくれたのは、ダリアだった。

「あっ――はい」

気づかれた恥ずかしさと、あたたかな体温に触れた安心感が、ナインの中に同じだけ生まれる。

椅子から立ち上がった彼女はわずかに腰を落とし、目線をナインに合わせた。

その行為が、ナインにはとても、悔しかった。早くこの人と同じくらい背が伸びてほしかった。早くこの人と肩を並べて歩きたかった。

ダリアは申し訳なさそうに、告げる。

「リンダの言う通りだった。私は、きみを強引にパーティに入れようとしていた。すまなかった」

謝らないでほしい。

「きみの人生だ。きみの好きなように生きてほしい」

どうしてそんなことを言うのだろう。

「……でも、私は」

宝石《ルビー》のような瞳を向けて、彼女は言う。

「あの時きみに言った言葉を、撤回しない」

その瞬間――ナインの脳裏に、べーベルの星空が蘇《よみがえ》った。

輝かしい夢を語る、ダリアの横顔が蘇った。

「僕は――」

相手は竜だ。場所は前人未踏の危険エリアだ。魔境、魔界、深淵《しんえん》の彼方《かなた》だ。

今度こそ死ぬかもしれない。

自分の剣術じゃ届かないかもしれない。

でも。

だけど。

自分の剣術だけじゃないのなら。

この人たちと、一緒に行けるのなら。

どこまでも、行けるかもしれない。

「僕は、皆さんと、もっと冒険を、したいです」

自分も、星を見上げたい。

そうして、彼女を見上げた。

「ダリアさんと、星の彼方を目指したいです」

彼女の手を、両手でぎゅっと握り返した。

☆

リンダとユージンが同時に思った。『ダリアさんと』って言った。俺《わたし》たち入ってない。完全に二人だけの世界だコレ。

ダリアは顔を真っ赤にして硬直《フリーズ》している。どうやって融《と》かそう、いやどうやってからかってやろう、リンダが瞬時に七つくらいアイデアを出していると、

「にゃふにゃあ」

黒猫が鳴いた。つまんないわねー、という意味を込めて。
こうして――紅鷹《くおう》に新たなメンバーが加入したのであった。

第十二話　現実を直視できないらしい

「あの『無能』が、勇者……？」

何度目かの依頼に失敗したアイラスは、ギルドにある酒場でその噂《うわさ》を聞いた。

曰《いわ》く、『ムゥヘルの森を攻略した紅鷹《くおう》の新たなメンバーは、黒衣の剣士である』という。

名前は、ナイン。

「馬鹿な……！　有り得ない。名前が同じだけの人違いだ」

アイラスは信じなかった。首を横に振って一笑《いっしょう》に付《ふ》す。

「それよりも、次の前衛はまだ見つからないのか」

取り巻きの女である回復術師に尋《たず》ねるが、彼女は困った顔をして首を横に振った。

「申し訳ありませんアイラス様。どうも最近、ギルドの反応が悪く……」

「なんだと？」

もう一人の女、援護術師も口を揃《そろ》える。

「まるで我らを小馬鹿にしたような口ぶりなのです……。貴族サマのパーティにはA級でも相応《ふさわ》しくないんでしょう。それ以上のランクはウチではご用意できませんな、などと……」

「お、おのれぇ……」

酒場の安いエールが入ったジョッキを握り、アイラスは、きっ、とカウンターにいる職員を睨《にら》む。

職員と目が合ったが、彼は「ふっ」と鼻で笑った。

冒険者だけでなく、ついに職員にまで馬鹿にされてしまった。

「お、お、お、おのれぇ……！」

彼の持つジョッキがぶるぶると震える。

援護術師は、

「あ、アイラス様……？　こんな態度の悪いギルドには早く見切りをつけましょう。アイラス様のお力を見抜けないギルドが悪いのです」

回復術師も同調し、

「そ、そうですよアイラス様。幸い、まだご領地まで戻る路銀は残っています。明日にでも発《た》てば、お金もなんとか足りるはず……」

「しつこいぞ、お前ら！」

ここ数日、毎日のように聞かされた提案に、アイラスは声を荒らげてジョッキを叩きつける。

「俺はエビル・トロールを倒すまで領地には戻らん！　汚名をそそがずにおめおめと生家に帰

るなど――そんな恥ずかしい真似ができるか！」

「ははっ！」

「も、申し訳ありません……！」

頭を下げる二人だが、限界であった。

我慢の、ではない。いや、それもあるが、体力が限界に近づいてきていた。

空腹なのだ。

ここ数日、ろくなものを食べていない。具がほとんど入っていない薄めたスープや、腐りかけの果物で食いつないでいる。昨日はついにパンを買うお金すらなくなって、酒場の残飯を分けてもらったほどだ。もちろんアイラスには話していない。話せば、「そんなものを食わせようというのか」と怒鳴られるだけだからだ。

アイラスはひとりでエールを飲んでいるが、女たちの前には何も置かれていなかった。

そんな状況にも拘《かかわ》らず、アイラスは二人に閨《ねや》を共にせよと命じる。毎日どちらかが、乾いた舌でこの男のものを咥《くわ》え、空になった腹にこの男のものを注がれる。アイラスは下手《へた》くそだが顔だけは良いので、『こんな状況』になる前まではそこそこの快楽を得ることができたが、いまはもう、自分が呼ばれないことを祈るばかりだ。

こんな状況になる前――あの『無能』がいた頃だ。

あの頃は良かった。

ベーベルのどんな依頼もこなせたし、ダンジョンも楽に攻略できた。何もかもあのガキにやらせていれば、勝手にお金が入ってきたから。女たちは、アイラスだけに魔術をかけ、適当に働いているふりをしていれば良かったのだった。

——まさかパーティを辞めるなんて。

——まさかそんな度胸があるなんて。

あの無能が辞めたことは女二人にとっても計算外だった。こんなことなら、色香《いろか》でもって誘惑しておけば良かったと思っている。

可愛い顔をしていたし、体つきも良かった。あと数年育てば、きっといい男になっていただろう。

アイラスにバレた時のことを考えて、一切手を出さず、その上アイラスの引き立て役として徹底的に下っ端《ぱ》扱いしていたのだった。

——失敗だったわ。

——失敗だったな。

女二人が顔を暗くして俯《うつむ》く。

そんな二人の胸中などまるで知る由《よし》もなく、安酒をあおっているアイラスが憎らしく、かなり不満も溜まっていたが、ここで辞めては元も子もない。このバカに股を開き、こんな屈辱に耐えているのも、すべて貴族の仲間入りを果たすためだ。

アイラスには何としても領地に戻って、自分たちを――否《いな》、自分だけとでも婚姻してもらわなければならない。そのためなら目の前の女を蹴落とすことだってする。

そう、二人とも思っていた。

「おい、酒がないぞ！」

「はぁい、アイラス様」

「すぐにお持ちいたしまぁす」

顔に笑みを張りつけて、女二人はカウンターへ行く。ウェイトレスを呼んだりはしない。金がなくて酒代を払えないので、カウンター内で働く下男に頼んで、廃棄されたエールを分けてもらっているのである。

そんなことを知らずに、アイラスは二人が持ち帰ったどぶエールに口をつける。さすがに育ちが良いので、

「本当に不味《まず》いな、ここの酒は……！」

とイライラしながら。

そんな時だった。

「おや、アイラス殿」

冒険者の一人が、アイラスに声をかけた。ギルド中で顰蹙《ひんしゅく》を買い、嘲笑《ちょうしょう》されている彼に話しかける冒険者は非常に珍しいことだ。

昔からの知り合いだった。

「おお、これはこれはエンリコ殿！」

アイラスは嬉しそうに彼の名を呼ぶ。

二人は同郷の貴族だった。それが縁で、時たま会食などをして情報交換をしていたのだった。

エンリコは一年先輩の冒険者だ。仲間がいるはずだが、いまは一人だった。彼はアイラスを眺め、

「こんな所で飲むとは珍しい。アイラス殿は、ギルド酒場は底辺冒険者が集《つど》う場所だと言っていませんでしたかな？」

「ああ、その、なんですかな、たまにはこういった雰囲気を楽しむのも良いか、と思いましてな」

呼吸をするように見栄《みえ》を張った。

エンリコは頷《うなず》いて、

「なるほど。さすがアイラス殿。良い趣味をしていらっしゃる。――ご一緒しても？」

「もちろんですとも！　さぁさぁ、一緒に飲みましょうエンリコ殿。まぁ安い酒ですが」

あっはっは、と笑うアイラス。張りついた笑みを浮かべる取り巻きの女二人。

エンリコは少しも笑わずに、席に着いた。

「私もその安酒をいただくとするか。――ああ、きみ、私にもエールを。それと、適当につま

みを持ってきてくれ。チキンとビーフを焼いたものがいい」

――チキンと……。

――ビーフを……。

女二人がごくりと喉《のど》を鳴らしたのを、エンリコは見逃さなかった。獲物を狙う目付きで二人を窺《うかが》う。その肉体を盗み見する。肌が少し荒れていて、わずかばかり痩《や》せていたが、それなりに容姿はよく、また胸と尻も並みの女よりは大きかった。

悪くない、と心中でほくそ笑むエンリコ。

ほどなくして、エールとつまみがテーブルに置かれる。

お腹ペコペコな取り巻きの女二人に、肉の焼かれる香ばしい匂《にお》いが媚薬《びやく》のように襲いかかる。二人とも料理に目が釘付けになり、口の中によだれが湧いて止まらない。

エンリコはジョッキを掲《かか》げて、アイラスと乾杯した。

「再会に」

「再会に！」

それからツマミにゆっくりと手をつける。女二人が物欲しそうな目で見ていることに気づいているはずだが、彼女らには顔も向けない。

アイラスは酒をあおったが、その実ほとんど口に入れていないようだ。もったいないからちびちび飲んでいるのだろう。落ちぶれたものだ。

「それで――アイラス殿。貴殿のパーティにいた少年だが、」

「ああ、あの『無能』ですな！　まったくアイツのせいで私はとんだ屈辱を味わわされましたぞ！」

「ふむ……。確かに、あの剣士は魔術はほとんど使用できないらしいが、それで『無能』と……？」

「魔力がないのです！　無能でしょう！」

「私の聞いた印象とはずいぶん違いますな……。いやなに、実はつい先ほどガテルオから転移魔術で帰ってきたばかりなのですが」

エンリコは顎《あご》を撫でながら、

「彼は、『勇者』扱いされていましたぞ？」

アイラスはジョッキを持ったまま、胡乱《うろん》な目でエンリコを見た。

「なんですって……？」

「魔術をほとんど使わずに、かの〝竜〟を滅ぼしたと」

「なにを馬鹿な！」

どん、とジョッキをテーブルに置いた。

「あの『無能』にそんな真似ができるはずがないでしょう！」

「しかし、特徴は一致しておりますぞ。私も何度か、貴殿のパーティにいた頃の彼を見ておりますが。身長が低く、黒衣、黒の刀、黒髪、肩には黒猫を乗せ、何より魔術を使わない。本人なのでは？」

「あっはっは！　エンリコ殿、いったいどうされたのです？　まさか我がパーティがダンジョンのボスを撃破寸前まで追い込んだことに、嫉妬《しっと》をしていらっしゃるのでは？」

その言葉に、エンリコの眉がぴくりと動いた。

この男の言動にはこれまでもたびたびイラつかせられることがあった。だが、同郷のよしみ、また貴族同士の付き合いの上、何も言わずに捨ておいてきた。

しかし、ここ最近のアイラスパーティの凋落《ちょうらく》っぷりを鑑《かんが》みると、どうやらここらが縁の切りどころのようだ――そうエンリコは判断した。

エンリコは言う。

「……それは私の台詞《せりふ》ですな、アイラス殿。貴殿はどうやら、現実を直視できないらしい」

「なんですと？」

アイラスは、エンリコの変化に気がつかない。もうエンリコは、アイラスのことを同郷の貴族とも、親しい友人とも思っていないということに。

ただの、弱った獲物である。

エンリコは続ける。

「噂によれば、黒衣の少年をずいぶんと手荒く扱っていたようではありませんか。分け前も平等ではなく、装備も新調させず、まるで『奴隷』扱いだったとか――」

「な、なにを言うのですエンリコ殿！　奴隷などと、そんな犯罪をこの私が、」

「無能、無能と蔑《さげす》み、まともな食事も寝場所も与えず、戦闘では常に矢面《やおもて》に立たせ、挙げ句の果てに――」

エールを一口飲んで、エンリコは言う。小馬鹿にしたように笑って。

「逃げられた、とか」

アイラスはカッとなった。

「違います！　私が辞めさせたのです！　無能に逃げられたなど、いわれなき侮辱はやめていただきたい！」

「ほう、クビにしたというわけですな？」

「もちろんですとも！　奴はエビル・トロール戦にてパーティの足を引っ張りました。ゆえに、その責任を取らせたのです！　そうとも、ボスが倒せなかったのも、復活したのも、すべて奴の責任なのです！　私は被害者だ！」

「なるほど……。では脱退金はお支払いに？」

「は……？」

「ギルドの規約をご存知でないのかな？　パーティのリーダーが一方的に構成員を辞めさせた場合、ある程度の金額を支払う必要があるはずだが？」

「は……そ……も、もちろんですとも！　この私がそんなミスを犯すはずがないでしょう」

「はっはっは、そうでしょうな。いやこれは失敬。くくく、はっはっは」

そんなものはない。

脱退金という制度など存在しない。

エンリコがアイラスをからかって面白がっているだけである。

「ではアイラス殿は円満に黒衣の剣士を辞めさせたというわけですな」

「え、ええ、そうですとも」

笑うのをやめて、エンリコは冷たく告げる。

「失敗でしたな」

「は……？」

「彼はいまや英雄――〝竜〟を倒した勇者だ。あの紅鷹《くおう》の一員であり、あの『閃紅《せんこう》のダリア』と肩を並べて戦うS級の前衛《アタッカー》なのですよ」

「で、ですからそれは何かの間違い……」

「貴殿はその才能を見極められなかった。無能と蔑み、雑務を押しつけ、そしてあろうことかクビにした。御覧なさい」

と、エンリコはある紙をテーブルに置いた。

似顔絵だった。

紅鷹《くおう》の面々を正確に描き起こした、大陸ギルドの発行する新聞に載《の》った、似顔絵だった。

その真ん中に、まるで一番の功労者であるかのように、彼がいる。

身長が低く、黒の刀を腰に吊り、黒髪で、肩には黒猫を乗せた、黒衣の少年。

アイラスが無能と呼んできた、ナインだった。

「そ、そんな……！」

これには女二人も驚いていた。食い入るように似顔絵を見ている。

「あ、アイラス様……」

「これは……ナインです……」

「え、ええい、見ればわかる！　だが、いったい、どうして……！　有り得ない、有り得ない！　なんだ、こんなもの！」

似顔絵を忌々《いまいま》しそうにぐしゃっと握り潰《つぶ》すアイラス。

そんな彼に、エンリコが淡々と、

「まだわからないのか、貴殿は」

事実を告げる。

「無能なのは、あなたの方だったのだ」

アイラスの手から、ジョッキが落ちた。すでに中身は空っぽだった。そしてその顔が、ぐにゃあ、と歪《ゆが》んだ。まるで握り潰された似顔絵のように。

☆

何も喋《しやべ》れず、ふらふらと席を立つアイラス。カウンターに酒をお代わりに行くつもりらしい。カネがないので貰《もら》えるはずがないのだが、彼は知る由《よし》もない。

アイラスが席を立ったのを見て、エンリコは人が変わったように優しく、女二人へ声をかけた。

「――食べるかね？」

「「よ、よろしいのですか!?」」

「ああ。だが、ひとつ条件がある」

にっこりと笑みを浮かべ、その貴族出身の冒険者は彼女らに告げた。

「今夜から、交代で私の部屋へ来なさい。もちろん、対価は払おう」

落ちぶれた貴族の抱《かか》える女を寝取る――これ以上の愉悦《ゆえつ》は、彼にとってないのであった。

「…………っ！」

二人はぎくりと身体を硬直させたが、やがて二人同時に、料理へと口をつけた。

「ふふ。どんどん食べるといい。酒も飲むかね？　あんな臭《くさ》いエールではなく、最高級のワインを持ってこさせよう」

「い、いただきます……！　エンリコ様！」

「ありがとうございます、エンリコ様！」

アイラスが空っぽのジョッキを手にテーブルへ戻ってきた時、取り巻きの女たちはもう、彼を見もせずに、エンリコに媚《こ》びへつらうようになっていた。

この日から、夜になると女が一人ずつ部屋からこっそり出ていくようになる。それをアイラスは気づいていたが、忸怩《じくじ》たる思いで黙っていた。

朝になって戻ってきた女が、必ずお金と食料を持って帰ってきたからだ。

アイラスはそれで食いつないだ。

ヒモだった。

もはやヒモだった。

それでも女たちはアイラスのもとから離れなかった。エンリコにはただ遊ばれているだけだと気づいていたし、アイラスがどん底に落ちてもそばにいてやることで、いずれ領地に戻った時に寵愛《ちょうあい》されると考えたからである。

だがそれも——夢と消えることになる。

アイラスの領地が、没収されたからだ。

第十三話　胸を張って。きみは、それだけのことをした。

紅鷹《くおう》が一国の王からの招聘《しょうへい》を受けた、数日後。

大陸東部の国、ガテルオ。

その王都。

宮殿──控えの間。

「ナインくん、準備はいいかい？」

「き、緊張します……」

騎士のような、立派な衣装を着せられたナインがおろおろしている。

その隣では、やはり騎士の衣装を着たダリアが、威風堂々と立っていた。

思わずナインは尋《たず》ねる。

「僕、こんな大層な式に出てもいいんでしょうか……？」

「あっはっは、何を言う。きみが主役のようなものだぞ」

凱旋披露《がいせんひろう》式典。

『ムゥヘルの森』に領地を浸食されていたガテルオ王国が、邪竜を討伐《とうばつ》した『勇者』たちを讃《たた》え、民衆にお披露目《ひろめ》する式典である。

控え室として用意された部屋には、すでに着替えが済んだナインとダリアが、残る二人を待っていた。

国王への謁見《えつけん》は無事に終わっていた。ナインは緊張しっぱなしで、内容はほとんど覚えていなかったが、紅鷹《くおう》が期待されていることだけは、よくわかった。

部屋の扉が開く。

ユージンとリンダが、付添人を従えて入ってきた。

ユージンは真っ白なモーニングに、白いネクタイ。靴まで白い。

リンダは髪の色に合わせたブラウンの優雅なドレス。正装だからか、眼鏡は外していた。

そんな衣装に身を包んだ二人はまるで——

「王子様に、お姫様みたいです……！」

ユージンとリンダは揃《そろ》って苦笑する。

「良い目を持っている。そのおかげで助かったわけだが」

「言い得て妙とはこのことね。まぁ、もう話してもいっか」

ナインは首を傾《かし》げる。

付添人が出ていった。それを見たダリアが、得意げにナインに告げる。

「この二人は、本物の王子様と、お姫様なんだよ」

……。

…………。

……………。

「…………………ええっ⁉」

「あっはっは、良い反応」

「お、お、お、王子様とお姫様……？」

ユージンが巨大なため息をついて、

「大陸中央部にある、とある王国のね。俺は第三王位継承者。面倒くさいよ？」

リンダも巨大なため息をついて、

「私は正確にはお姫様じゃないよー。ただの領主の娘」

「それはもうお姫様だろう」

「ていうか、ダリアもでしょ」

とダリアをジト目で見る。

「やっぱり、ダリアさんも……」

どこぞのお姫様だという噂《うわさ》はあったが、本当だったとは。

大威張りで笑うダリア。

「あっはっは！　バレてしまっては仕方ない。何を隠そう、私とリンダは義理の姉妹だ！」

「姉妹っ!?」

「いちいち反応が面白いなぁナインくんは。まぁ、血は繋《つな》がっていないけどね」

「ふ、複雑なんですね……？」

いやぁ、とダリアが笑う。

「私の両親は小さい頃に亡くなっていてね。領主さまに引き取ってもらったというわけさ。それがいまの父上と母上」

リンダも笑って、

「ダリアの家は平民だったんだけど、うちの両親と仲が良くてねー。引き取り手がいなくて孤児院に行くなら、自分のところで預かろうってなったわけ。あ、私の方がお姉ちゃんだから。三カ月生まれが早いから」

「背は昔から私の方が高かったけどな！」

「ちっちゃい頃のダリアは…………生意気で可愛くなかった」

ダリアは自信満々に、

「つまり今は可愛いと！」

「えぇー、どうかなー？」

「素直じゃない、素直じゃないぞリンダ！」

「自分だけドレスじゃないのズルい」

「だって窮屈《きゅうくつ》なんだもんコルセット」

そーいうとこー、と言いながら、リンダはナインに向き直った。

「ま、そういうわけだから、『今は自由な冒険者』ってワケ。自分とこに帰ったら面倒くさいけどねー」

「まったくだ。できることなら戻りたくないな」

うんうん、とユージンが頷《うなず》く。

「できることならねー」

「できることならな」

できなさそうな口ぶりだった。

「あ、これは他言無用でお願いね。もう噂になっちゃってるダリアはともかく、私とユージンの素姓は冒険者ギルドでもごく一部にしか知られていないから」

ちなみに、付添人が出ていった直後に、ダリアが口を滑らすことを察したリンダが遮音《しゃおん》魔術を施《ほどこ》したため、誰にも聞かれていない。

「わ、わかりました……！」

ダリアがさて、と話を変える。

「唐突な自己紹介《ネタバレ》もここまでだ。そろそろ時間だぞ」

「うっ……また緊張してきました……」

リンダが微笑む。お姫様のように。

「心配することないよ、ナインくん」

「リンダさん……」

「誰もきみのことなんか見てないから」

「はっきり言いますね……」

いや、そりゃそうだろうとはナインも思う。王子様とお姫様二人と、田舎者《いなか》の小僧だからな。

ユージンが顎《あご》に手を当てて、

「みな、紅鷹《くおう》を観《み》に来ているからな。きみは眼中にないだろう」

いじめられてる？

「だからこそ――お披露目というわけだ。俺たちと一緒に竜を倒した、新たな紅鷹《くおう》の一員のな」

にこり、とユージンが笑う。すごく王子様っぽい笑い方だった。本物だ。

などとやっているうちに、王宮の執事やメイドさんたちがやってきて、部屋を移動する。

横に広い部屋だった。中に入ると、多くの人々が自分たちを待っていて、拍手で出迎えてくれた。みな、格式高そうな衣装に身を包んでいる。おそらく全員が貴族であり、この王国を支える大臣や役人だろう。

そして、執事さんが大きな窓を開けた。

いや、それは扉だった。

宮殿の大庭園が見渡せるテラスへ続く扉だった。

そして大庭園には、大勢の民衆が、紅鷹《くおう》の登場を待っていた。

テラスに『竜を倒した英雄』たちが姿を現して、民衆は歓声を上げる。

「紅鷹《くおう》ー！」

「勇者さまー！」

「ありがとう、ありがとうー！」

「我らが英雄よー！」

リーダーに黄色い声が集まる。

「キャー！　ユージンさまー！」

「素敵ー！」

「いまこちらを見たわ！　私を見たわー！」

最強の魔術師にも黄色い声が集まる。

「ダリアさまー！」

「憧《あこが》れの騎士姫さまー！」

「なんて美しくも凛々《りり》しいのかしら……！」

援護術師には野太い声が集まる。

「リンダさーん！　俺だー！　結婚してくれー！」

「あなたのクロスボウで僕のハートは撃ち抜かれましたー！」

「眼鏡つけてくれー！　ドレスでも眼鏡は外さないでくれー！」

慣れた様子で、笑顔で民衆に手を振る三人。リンダだけちょっと目が笑ってないように見えるのは気のせいだろうか。

ナインががちがちに緊張して「気をつけ」の姿勢で固まっている。

——すごい歓声だ……。

ナインは思う。

自分はこれを受けるに値《あたい》する働きをしたのだろうか。眼下に見える人たちも、自分のことは品定めするような目で見ているように思えた。

こんな場所に相応《ふさわ》しい人間じゃない。

そう思って俯《うつむ》くと、

「竜を斬ったのは、きみだろう？」

隣にいるダリアが、ナインに顔を向けて、力強く言った。

「さぁ、胸を張って。きみは、それだけのことをした。自信を持つんだ」

認められた。

そうだ、自分は、紅鷹《くおう》に認められたんだ。

不思議だった。彼女に言葉をかけられると、自分の中から不安が掻き消えていく。

「はいっ……！」

顔を上げたナインが遠慮がちに手を振る。すると、

「あれが紅鷹《くおう》の新メンバーか！」

「魔術を使わずに竜を倒した漆黒《しっこく》の剣士！」

「彼の剣術はダリア様をも上回るらしいぜ！」

「まだ小さいのにすげー！」

黄色い声も届く。

「やだー！　可愛いー！」

「ナインさまー！　ありがとうー！」

「猫さまも可愛いわー！」

そんな反応にナインは引きつった笑みで手を振るしかない。

「あ、あははは……ど、どうも……」

「なおーーーーーーーーーーーーーーーーーーーう！」

頼りない兄の代わりに、肩に乗った弟《おとうと》エヌが思い切り鳴いた。

率直な感想。

竜を斬り、人々に感謝されるのは——とても気持ちが良かった。

なによりも、隣にいるダリアの存在が、ダリアと一緒に祝福を受けていることが、とても嬉しかった。

☆

この後、紅鷹《くおう》の面々は、屋根のない馬車に乗せられ、凱旋パレードとして都を回ることになった。

誰も彼もが笑顔で自分たちを称《たた》えてくれる。

それらの笑顔が、『僕たちは彼らを守ったのだ』という自負に繋《つな》がる。少年は素直であった。

——これからも、頑張ろう。

そう、強く思うナイン。

しかし彼の肩に乗る黒猫は、突如として現れたこの新人の少年に、懐疑的な目を向けている者も多いことに気がついている。ギルドの測定では『無能』とされたこともかなり知れ渡っているようだし、それも要因であろう。

だが、そんなことよりも。

——あいつらに見つからないか、少しだけ心配ね。

ゴロゴロと喉《のど》を鳴らす黒猫に、ナインはどうしたの、と尋ねた。

「ふにゃぷくす。にゃふごろろ？」

あんまり調子に乗っちゃだめよ？　あなたの剣術は、お父さんに比べるとまだ未熟なんだから。

「わかってるよ。まだまだ、修業が足りないもんね」

少年は口を尖《とが》らせながらも、姉であり妹でもある彼女の忠告に、素直に頷いた。

ナインはまだまだ発展途上である。邪竜ムゥヘルを斬った剣術も、彼の父親に比べれば精度が足りない。

翻《ひるがえ》せば。

ナインはもっと強くなる。

だから、それまでは。

彼の人生を決めるのは彼自身だ。エヌはあくまで彼の選択を優先するし、彼の決断を尊重する。エヌはナインの生き方に口を挟まない。――まぁ、あまりにも酷《ひど》い状況になったら、ちょっと前足《て》出しはするけど。アイラスの時とか。

でも。

もし。

万が一、あいつらに見つかったら、そのときは。

——この子は、私が守らなくちゃ。

黒猫はこっそり、そう思うのだった。

☆

パレードから戻ってきた、夜。

王と紅鷹《くおう》の会食の席にて。

第十六代ガテルオ王は、これで何度目かになる勧誘を紅鷹《くおう》に行った。

「我が国の専属魔術師となる気はないか？」

ユージンが、ナイフを動かしていた手を止めて、

「申し訳ありません、陛下。我々は大陸冒険者ギルドの一員。どこか一国に縛られるわけにはいかないのです」

「無論、それはわかっておる。だが——ユージン。きみはいずれ祖国に属することになるのではないのか？　そうなった時、きみの祖国・ノヴァンノーヴェは、紅鷹《くおう》という戦力を独占するも同然ではないかね？」

「重ねて問うが——」

酒が入っているからだろうか、ガテルオ王はやや踏み込んだ、そして礼を失した質問を投げ

かけた。

ユージンが困ったように笑うと、王は気づいたようで、

「今のは失言であった。許せ」

「いえ、滅相《めっそう》もございません、陛下」

そうして、ユージンは答える。

「今のところ、私にそのつもりはありません。兄と弟たちがしっかりやってくれるでしょう。私がいなくとも祖国は安泰《あんたい》です。このガテルオのように」

「そうか……」

ガテルオ王はそれ以上、その件は話題にしなかった。代わりに、最近十三歳になった孫娘が目に入れても痛くないほどの可愛いさで、彼女が「庭園をより豊かにするわ！」と栽培の魔術を張り切って覚えていると上機嫌で話し始めた。

「それもこれも、貴殿らが『ムゥヘル』を退治してくれたおかげだ。改めて礼を言う」

竜に汚染されたあの一帯は、簡単には元の森へと還《かえ》らない。土や水は、時間をかけてゆっくりと浄化されていくだろう。

ベーベルのダンジョンのように、これからも定期的にモンスターは出現する。

しかしその脅威《きょうい》は遥《はる》かに低くなった。

翻せば、モンスターの落とす魔石や素材が大量に手に入りやすくなる、ということでもある。

「数百年に渡る不可侵の森。その脅威が、まさか我が国力を取り戻す源になろうとは……」

「その一助となることができて、我々も光栄です」

微笑みを浮かべるユージン。ダリアも、自信満々の笑みを浮かべ、頷いている。

リンダも嬉しそうに笑い、ナインは感動してちょっと泣きそうである。

「――ありがとう」

目を伏せてそう呟《つぶや》くガテルオ王は、王という立場からだけではなく、この国に生まれた人間として、心からそう告げた。

☆

王宮。

来客用の寝室にて。

男子部屋として用意された一室で、執務机に向かうユージンが、「うーむ」と嘆息《たんそく》した。

先ほど、王宮の通信魔術師に、彼宛ての通信が届いた。暗号化されたその文面を読み解いたユージンは、どうやらその内容で頭を悩ませているらしい。

そんな彼の背後で、巨大なベッドをあてがわれたナインは、黒猫のエヌと一緒に飛んだり跳ねたりしてはしゃいでいる。

「すごいよエヌ！　ふっかふかだ！　そーれ！」

「にゃーっふにゃふっ！　ふんにゃっふ！　じゃんぷにゃっふ！」

「うーむ」

はっと気がつく。浮かれ過ぎててユージンの声が耳に届かなかった。慌《あわ》ててエヌを抱《かか》えて正座する。

「すみません、うるさかったですか？」

「——ん？　いや、気にしないでくれ。まったく問題ない。平気だよ」

振り返って笑顔を見せるユージン。

腕の中でばたばた動くエヌを解放すると、ナインは尋ねる。

「えっと……訊《き》いちゃいけなかったら、あれなんですけど……」

「ああ。ギルドから依頼が来たんだ」

訊く前に答えてくれた。

「それがちょっと特殊というか……。もうずっと俺の頭を悩ませているんだが……」

難しい顔をして腕を組むユージン。

「まあ、紅鷹《くおう》には関係ないんだ。これは俺個人に来た依頼だから」

「そういうのもあるんですね……？」

「もちろんだとも。きみもすぐ引く手あまたになると思うぞ。なにしろ、魔術を斬ることができるわけだから——」

そこまで言って、ユージンは言葉を止めた。

そうして、はぁぁぁぁぁ、と盛大にため息をつく。

「……己《おのれ》の頭の悪さにつくづく嫌気が差す」

急に自己否定を始めた。ナインからすれば、ユージンほど頭が良い人間を見たことがないのだが。あのムゥヘルとの戦闘時も、戦いながらいくつ並行して思考しているのかわかったものではない。複数同時の詠唱を行いつつ、全体を見て指示を出していた。

「あの、ユージンさんはとても、頭が良いと思います。あ、この言い方だとなんか上から目線であれなんですが、その、まるでピエロがお手玉を百個くらいやってるみたいに、同時にいろんなことを考えられるというか……」

しどろもどろになって説明するナインを、ユージンが驚いたような目で見る。

「きみは——本当に察しが良いな。その喩《たと》えは偶然か？」

「はい？」

「本来なら一カ月程度の休暇を全員に与えるところだが——」

と、前置きして、ユージンがナインに向き直る。じっと見て、

「今回の依頼、きみの力を借りたい」

「え……？」

「ピエロ。道化師。それだ。ムゥヘル戦の際、きみに渡した『身代わりの護符』があるだろう。あれを作った人物に会いに行かなければならない」

「あのカードの……？」

「大陸冒険者ギルドに巣食う害虫を、ともに排除してくれないだろうか。きみのその——剣術で」

ユージンが大真面目《おおまじめ》な顔で言う。

「道化師《ピエロ》と会ってくれ」

向かいの女子部屋から爆発音がしたのは、その直後だった。

☆

数分前。

女子部屋として用意された一室で、巨大なベッドの上で枕を抱えた寝間着姿のリンダ（眼鏡着用）が、テーブルで魔術大剣の調整を行うダリアに声をかけた。

「ダリアはどうするのー？」

訊かれたダリアは、刀身に施《ほどこ》された魔術の状態を見ながら、

「どうって？」

「休暇。ムゥヘル倒したし、一カ月くらいは休暇あるでしょ？」

「……そうだな。まだ考えていない」

「でも、もうほとんど決まってるでしょ」

大剣に込められた魔術がやや弱まっている。繊細な作業のため、鍛冶師《かじし》に持っていくのが一番だが、自分でもできないことはない。慎重に魔力を流しながら、うわの空で返事をする。

「……決まってる、とは？」

「ナインくんとデートするんじゃないの？」

大剣が爆発した。

大騒ぎになった。

「なんだ、どうした!? 敵襲か!?」

「ダリアさん無事ですかっ!?」

男ども（ユージンとナイン）が扉を開けて入ってくる。

ユージンの顔面に、リンダの投げた枕が直撃した。

「いくら向かいにいるからって女子の部屋にコールもノックもなしに入ってくんな!!」

ぼふ、と枕が落ちてユージンの視界が開けると、吹き飛んだテーブルと、木っ端微塵《こっぱみじん》になった椅子と、怒り心頭のリンダ（眼鏡着用）と、珍しく女の子座りで顔を真っ赤にしてこちらを見るダリアの姿が目に入った。

いや、ダリアが見ているのは自分じゃない、とユージンは即座に理解する。そういえばさっきも『ダリアさん無事ですかっ』って一人しか心配してなかった、隣の少年である。

「そういえば『ダリアさん無事ですかっ』って入ってきたね少年……。私のことは心配じゃないのかしらぁ？」

リンダも同じことを考えたようで、しかし怒らずに、にやにやとしながらナインに絡《から》んだ。

「いや、その……えっと……心配です……けど……」

一方ダリアもしどろもどろだ。

「あ、あう、その……いや、なんでも……魔力が……大剣の調整で……」

ナインは彼女を見る。

珍しく女の子座りをしているダリアは顔を真っ赤にしていて、いつもはポニーテールにしてる長い綺麗な赤い髪を下ろしていて、リンダと同じ寝間着姿で肩とか腕とか足首とか出ていて、薄着だとやっぱり胸とかお尻とか太ももとかが非常に主張していて、

とても綺麗で、

胸がどきどきして、

目が釘付けになって、

「あ、いや、その、ごめんなさい！」

ナインは頑張って背を向けた。

「う、うん……」

ダリアも胸を隠すように腕で自分を抱いた。

そんな二人を見て、リンダが言う。

「ユージン」

「なにかな」

「部屋割り、変える？」

「今はまだ、時期尚早《しょうそう》だ」

それはそうかも、とリンダは思った。

ていうか、とっとと出てけ。


なお、ダリアも大剣も無傷だった。そしてテーブルとイスと焦《こ》げた絨毯《じゅうたん》は、ダリアとリンダが弁償した。

ついでに、胸を隠してもじもじするダリアの姿を見て、『道化師《ピエロ》に会ってくれ』というユージンの言葉を、ナインはすっかり忘れていた。

第十四話　ピエロッタ・マルゲリータでございます

「ハァイ！　ワタクシ、ダリアちゃんのおっぱいに負けた道化師《ピエロ》でございまァす☆」

背が二メートルくらいある、白のタキシードに、白のハットで、顔にも白粉《おしろい》を塗りたくってピエロの化粧をしている変な男が、両手を広げて紅鷹《くおう》の面々の前に現れた。

リンダが一言、

「うるさい」

ダリアが追撃、

「だまれ」

ユージンがため息、

「お前、そんな喋《しゃべ》り方じゃないだろう」

紅鷹《くおう》の三人とは顔見知りらしい。

「いやー、なんかこういうのが求められてるかと思って？　ウエヒヒヒ」

タキシード姿の長身ピエロは、馴れ馴れしくユージンの肩に肘《ひじ》を置いてもたれかかりながら

ケラケラと笑う。

大陸中央部。

ノヴァンノーヴェ王国。

王都――宮殿。

来賓《らいひん》用の客間。

凱旋披露《がいせんひろう》式典の、翌日だ。

魔術陣を用いた長距離転移魔術《テレポート》によって、紅鷹《くおう》一行は、ガテルオからひとっ飛びでノヴァンノーヴェまでやってきた。

ユージンたちからすれば、『帰ってきた』という感覚である。

ここノヴァンノーヴェ王国は、大陸冒険者ギルドの実質的な本部が置かれており、紅鷹《くおう》もこの王都を本拠地としているからだ。彼らの住居もここにある。

ギルドからの依頼を受けたユージンは、ナインの力を借りてその依頼をこなすため、母国に戻ってきた。

ちなみにユージンは、『王族の義務』を半ば放棄《ほうき》する形で冒険者になったため、王宮に居室はない。

紅鷹《くおう》の三人は城下町に借りている自宅にも戻らずに、そのまま宮殿に向かったのであったが、待っていたのはこのピエロだった。

ユージンが淡々と、

「ナインくん、紹介しよう。彼が『例の道化師』こと――」

ピエロのメイクをした身長二メートルの白タキシード男が、ハットを脱いで一礼した。

「お初にお目にかかります黒猫の剣士さま。俺の名はピエロッタ」

ハットから薔薇《ばら》を一本取り出して、ナインの前に差し出す。

「ノヴァンノーヴェの宮廷道化師、ピエロッタ・マルゲリータでございます」

薔薇が小鳥になって飛んでいった。

「は、初めまして……ナインです……」

「んにゃーう」

呆気《あっけ》に取られつつも何とか挨拶《あいさつ》を返すナインと、なにこの胡散臭《うさんくさ》い奴、と鳴く黒猫。

「今の鳥って、魔術、ですか？」

「もちろん♪　――あ！　魔術を使ったら手品じゃないって思ってない？　イヒヒヒ！　当《とー》然《ぜん》！　種も仕掛けもあってこそのマジックですのでぇ！」

「いや、別にそんなこと思ってないですけど……」

「なんだそうなの。ピエロがっかり」

露骨に落胆した顔をするピエロ。

ダリアが、

「ナインくん。あまり彼と喋らない方がいい。時間を無駄にするから」

「あーはー！　ダリアちゃん、しょ・う・じ・き！　お兄さん、嫌いじゃないよぉそういうのぉ！」

「うるさい」

「ごめんなさい」

ナインがユージンに尋《たず》ねる。

「あの、このピエロさんが？」

「ピエロッタ・マルゲリータだ。気安く『ピエロさん』って呼んでくれていいぜ？」

「あ、はい。ピエロさん――。いや、いま僕、ピエロさんって言いましたよね？」

「うーぶー！　反応が初心《うぶ》ー！　かわいいー！　すきー！」

「ピエロッタ。話が進まないから黙っててくれないか」

「やーん。マルゲリータ涙目ー☆　いやピエロだからもともと涙目なんですけどね？」

ユージンがピエロを指差して、

「大陸冒険者ギルドに巣食う害虫――それがコイツ」

「うそぉ!?」

ピエロッタが大げさに驚いた。

ユージンは大きなため息をつく。

「……だったら合法的に駆除できて良かったんだが、残念ながら違う。非常に残念だが」

「ユージンくん。そういう冗談は本人の前では言わないものだよ。お兄さんはそう思う」

「このピエロを使って、害虫を排除する」

「『害虫ホイホイ』だね☆　どっちかっていうと『悪の巣コロリ』だけどネー！　イヒヒヒ！」

まったく話が見えない。

ナインが困っていると、ピエロが急に真顔になった。

「で、ユージン。その少年が、俺に科せられた魔術拘束を解除できるのか？」

ユージンの中で一気にピエロへの警戒心が湧く。

「なぜそう思う？」

ナインが『魔術を斬る』剣術を使えることについて、紅鷹《くおう》は秘密にするという方針を固めた。だから、ピエロッタが「解除できる」と確信をもって訊《き》いてくるのは、不自然なことだった。

しかしピエロは困ったように笑う。

「ヘイヘイ、そんなに睨《にら》むなよブラザー。占いさ。タロットのな☆」

しばらくピエロッタをじっと見つめていたユージンだが、やがて息を吐いた。警戒を解いたのだ。

「……待ち人現る、吉兆《きっちょう》、解放、そんなところが出たか」

「え、なんで全部当てられるの？　俺っち逆に怖いんだけどー」

こわいこわい、とくねくねしながら寒気がするとばかりに両腕をさするピエロッタ。背の高い男のそういう仕草は、見ているこっちが怖いわ、とナインは思う。ピエロメイクだし。

「まぁ、その結果が出た後で、俺が紅鷹《くおう》の新しいメンバーを紹介すれば、彼がそうだと推理するのも当然か……」

「推理っつーか、直感だけどな」

「お前の直感ほど怖いものはないよ。で、まあ——当たりだ」

ユージンが、ナインを手のひらで示す。

「彼が、お前の待ち望んでいた相手だ」

そして、頷《うなず》いた。

「お前が結んだ『ノヴァンノーヴェに生涯を縛られる契約』も、彼ならきっと解除できる。バッサリとな」

ピエロはナインを見て、「ばっさりぃ？」と嬉しそうに笑う。笑顔が怖い。

「その契約、斬っちゃって平気なの？」

リンダが疑わしい目をピエロに向ける。

ユージンは頷く。

「問題ない。半年前、ある仕事のために仕方なく結ばされた契約で、終了後に解除するはずだったんだ。だが、契約を交わした宮廷魔術師が追放されてしまった。しかも彼の腕が良かったもので、彼以外に解除できる人間がいないんだ」

「追放？　腕が良いのに？　なんで？」

「どうも上役が嫉妬《しっと》したらしい。いまじゃその魔術師もギルド所属になって、田舎《いなか》でスローライフを送ってるよ。何度か戻ってくるよう打診《だしん》したんだが、今さら遅いですって聞く耳を持たないようだ」

「……どこかで聞いた話ね」

「割とよくある話だな。ちなみにその上役は左遷《させん》させられたらしい。ま、そういうわけで、ピエロッタは仕事が終わったのに理不尽な契約に縛られたままなんだ」

「イッヒッヒ！　この契約のせいで、その魔術師に直談判《じかだんぱん》するのも、故郷に帰ることもできなくなってしまったのですゥ！　嗚呼《ああ》！　なんて可哀想なワタクシ……！　泣いちゃう！　ピエロだからもう泣いてるけど！」

「あんまり可哀想には見えないかもだが、実際にはだいぶ厳しい契約なんだ。『ノヴァンノーヴェに害を為《な》す可能性のある行動』を一切取れない。そのせいか、こいつは契約してからこの半年の間、宮殿から外に出ることすらできなかった」

それはマジで可哀想だ、とナインは思った。

ユージンが言う。

「俺はこいつと約束した。俺の手足となって働く代わりに、その契約を解除する方法を見つけると」

　それが自分か。

「でもさー」

　とリンダ。

「『ノヴァンノーヴェに生涯を縛られる契約』から『ユージンの手足となる約束』って、あんまり変わってなくない？」

　ちっちっち、と人差し指を振るピエロッタ。

「全然違うぜ、ブラウニー・ガール（ブラウンの髪が美しいお嬢さんの意）」

「なにその甘そうな綽名《あだな》」

「男はね、仕《つか》える相手は自分で決めたいものなのさ。それも、国家なんていう、王や大臣の顔ぶれ次第でころころ変わっちまうような曖昧《あいまい》なもんじゃあなく、これと決めた男にね☆」

　ぱちん、とウィンクする二メートルのタキシードピエロ。

　リンダは大まじめに、

「男色家なの？」

「ノンノン。これは人生の道しるべの話なのさ☆　女の子はだーい好き♡　あ、ちなみにブラウニーガールとは夜を明かして語り合いたいって常々思ってたんだけど今夜どう？」

　ピエロがくるりと手を返して薔薇を差し出した。

リンダは受け取りもせずに、

「やだ」

「ピエロッタ残念！」

片足でぐるっと回りながら自分で自分を抱きしめる道化師。残念のポーズ。

「ピエロッタ、繰り返すが、あまり喋らないでもらえるか」

「ごめーんユージン。ボクちゃんが話すとついつい盛り上がっちゃうもんね」

「いや、この星の空気が減るから」

「そこまで！　言うようになったなぁ王子様ぁ！　一〇歳までおねしょしてたのにぃ！」

ユージンが無視して、

「じゃあ悪いがナインくん。こいつを斬ってくれるか？」

「俺ごと!?」

「ピエロッタだけ斬っちゃっても文句は言わない」

「俺だけ!?」

話が進まないので、ナインは「わかりました」と頷いて、刀を抜いた。

ちなみにナインの黒刀だが、彼はベルトに長剣用のホルダーを取りつけ、そこに鞘《さや》を固定している。冒険者でも、刀を使う前衛《アタッカー》は珍しいので、自作したのだった。

「じゃあ、ピエロさん、動かないでください」

「え、本当に斬るの？　大丈夫なの？　お兄さん信じちゃうよ？　はじめてだから痛くしないでね？」

「静かにしてください」

「ごめんなさい」

ナインは息を吸う。

──七星剣武《しちせいけんぶ》・天雪《てんせつ》。

ナインの周囲の時間が止まる。明暗が反転した白黒の世界で、それが視《み》えた。

ピエロッタの両手と両足から、線が鎖のように伸びている。太いそれが、王宮に繋《つな》がれていた。何重にも絡《から》み合っている。

「視えました。斬ります。皆さん、動かないでください」

──七星剣武・斬魔《ざんま》。

ゆん、と軽く刀を振る。ユージンの目にはそう見えた。ピエロッタの胸の三〇センチくらい手前で、ナインの刀が一閃した。

実際には十二回ほど斬っている。

ピエロッタはすぐに気づいて、

「あ──ああんっ!?　軽いっ！　なんか違う！　縛られてない！」

両手を高々と上げた。嬉しそうにくるくるとその場で回り始める。

「いぃぃぃぃヤッホォォォォォォォウ！　自由だ、自由だー！　ノヴァンノーヴェクソくらえー！　うわ言えた！　ノヴァンノーヴェの悪口言えた！　本物だー!!」

自国を「クソくらえ」と叫ばれたユージンが呆《あき》れた様子で、

「嬉しいのはわかるが、確かめ方が最悪だな……。いや、それにしても見事だ、さすがナインくん」

「はい、複雑な魔術でした。これは確かに、ご本人じゃないと解除できなかったかもです。凄《すご》いです！」

刀を鞘に納めながら、ナインは素直に称賛した。

紅鷹《くおう》とピエロの四人が同時に首と手を横に振る。

「「「「いやいやいやいやいや」」」」

「あっさり解除しちゃって何言っちゃってんのこの子はー!?」

「そうだぞ。ナインくん。凄いのはきみなのだ」

「どうだ凄いだろう、私のナインくんは」

「もうあなたのものなのね」

ナインは首を傾《かし》げる。

「僕は斬ったただけですが……？」

「「「「いやいやいやいやいやいや」」」」

ナインにとっては、複雑に絡み合った糸をハサミでちょん切った感覚だ。これを施《ほどこ》した魔術師なら、ハサミを使わずに解けるのかと思うと、自分なんかまだまだだと思う。

「よくわかりませんが、ユージンさんのお役に立てて良かったです！」

「いい子過ぎる」

「心配になってきたわ」

「騙《だま》されていたのも頷けるな。これからは私――たちで守らなければ」

「んなぷくす」

蚊帳《かや》の外に置かれていたピエロッタがとつぜん叫びだした。

「イーヒヒヒヒヒ！　まんまと口車に乗ってくれたなぁ王子様よ！　これで俺様は自由だァー！　まさか！　まさかまさかまさかァ！　俺様が竜と人のハーフだと知っておきながら自由にするとはなァー！　……ありがとね？」

――え、まさか僕、余計なことを……？

と警戒しかけたナインだが、普通にお礼を言われた。

なんか裏切りとかそういう案件ではなかったらしい。

ユージンとナインの手を取ってぶんぶん振ってくる。

「いや、マジ助かりました。ほんとありがとね。二人とも」

「紛《まぎ》らわしいからそういうのやめろ本当に」

ユージンが苦言を呈す。ごめんちょ☆　とピエロッタが笑う。

そうして彼は、膝《ひざ》をついて頭を下げる。ハットを取って、心からの謝意を態度で示した。

「このピエロッタ・マルゲリータ、生涯をかけてユージンに——そしてナインに忠誠を尽くすことを誓おう」

「ああ。頼む」

「ていうか、ピエロさん、竜と人のハーフなんですか？」

立ち上がるピエロ。二メートルだからマジでデカい。ナインは首が痛くなりそうだ。

「その通り。竜ってのは変幻自在だからな。人間状態のときにウチの母ちゃんと愛を交わした。で、俺が生まれたってワケ☆」

ぐっ、と親指で自身を指すピエロッタ。

「とはいえ、俺は人間だぜ？　竜の父親なんざ会ったこともねぇし、母ちゃんに仕送りだってしてる。マルゲリータって名前じゃないけど」

やっぱり偽名なのか。素朴な疑問として訊いてみた。

「マルゲリータ好きなんですか？」

「いや、あんまり。どっちかっていうとジェノベーゼピザの方が好き」

じゃあなんでその名前にしたんだ……。

「母ちゃんが焼くマルゲリータが美味《うま》くてなぁ。バジルソースをたっくさん乗っけてくれるんだよー」

それはもうほぼジェノベーゼピザじゃないのか。

ピエロッタはぐいーっとナインに顔を近づけて、

「うーん、なんかきみとは似たようなものを感じるなぁ。ま、よろしくな、ナイン☆」

ウィンクされた。ピエロのメイクのまま。

「あ、はい。僕もジェノベーゼピザは好きです」

「んなーお」

「おやおや黒猫ちゃん。きみにもなんだかシンパシーを感じるぞぉ？」

「にゃふぷんくす、にゃんにん」

「なんて？」

「……『気のせいよ』って言ってます」

本当は『一緒にするな変人』と言った。

ピエロッタが腰を折って、ナインの顔をじっと見る。

「で、少年さぁ。魔力がぜんぜんないってユージンから聞いたけどさぁ」

「え、あ、はい」

「嘘じゃね？」

「え？」

「魔力、けっこうあるんじゃね？」

「でも僕、むの……ほぼゼロだって、ギルドで測定されて……ランクもＦ級だって……」

「そうは見えないんだよねぇ。ホラ、俺も竜人ハーフのくせにＥ級《クラス》の魔力しか持ってないけど、たぶん俺よりあるぜ、きみ」

「そうなんですか……？」

ピエロッタがユージンを見て、

「お前はどう感じる？　ユージン」

「ふむ。正直、ほとんどないように見えるな。ナインくんの言う通り、Ｆくらいにしか……」

「かー、ダメ！　これだから『持ってる奴』はダメ！　持たざる者の苦労がわからないの！」

「ひとに訊いといてその言い草はなんだ」

ピエロッタはナインを指差して、

「同じ極小魔力の俺ならわかる。少年は決してＦ級なんかじゃない」

「……それは、つまり？」

　ピエロはにやりと笑う。

「おかしいのは、測定した奴の方ってことさ☆　ギルドの測定具の不具合だったか、あるいは人的ミス。いや……ミスとも限らないね」

「なるほどな……」

　何かに気づいたようなユージン。

　ナインの肩では、黒猫のエヌが彼に耳打ちをする。

「にゃおにゃお」

「あのことを話したら？　って、なんのこと？」

「にゃおにゃーごぷす」

「ああ、アイラスが『俺の許可なく魔力測定をするな』って言ったこと？」

　紅鷹《くおう》の三人が口を揃《そろ》えて、

「「「なんだって？」」」

　タキシードを着たピエロが、猫を指差して、

「ビンゴぉ☆」

「がり」

猫がピエロの指を噛んだ。

ピエロの悲鳴が部屋に響いた。


嫌々回復魔術をかけたユージンが、ピエロに確認する。

「やれそうか、ピエロッタ?」

「ああ——。久しぶりに外に出られる。オラわくわくすっぞ!」

ナインが、

「ピエロさんに害虫駆除を手伝ってもらう——でしたっけ?」

ユージンが頷く。

「そうだ。正確には、巣を見つけだしてもらう。あとは俺たちでやる」

ユージンはその場でくるくる踊るピエロを見て、

「契約していたここ半年間は宮廷のお抱え道化師だったが、本来はギルド所属の冒険者だ。得意なのは、手品、ナンパ、そして——内偵」

ぴた、とピエロッタのダンスが止まった。すると彼の服装が、白タキシードのそれから、一般的な町の人のものになった。一瞬で変装したのだ。

「すごい……! これが、道化師の魔術……!」

「ノンノン、手品《マジック》さ☆」

ウィンクするピエロッタ。

ユージンが頷く。

「大陸西部から中央にかけて、とある『病《やまい》』が蔓延《まんえん》している。俺はそれを浄化するよう、ギルド本部長から直々《じきじき》に依頼されていたんだ。どうもギルドを隠れ蓑《みの》にして広がっているようでね。ピエロッタはその調査の途中だった。きみが契約を斬ってくれたおかげで、調査が再開できる」

「『病』？　ギルドを『隠れ蓑』？・？・」

「ああ」

ユージンが頷く。

「人を堕落させる病。ある種の薬草から取り出される、『向精神作用および幻覚・多幸感をもたらし、強力な依存性がある』、多くの国家はもちろんのこと大陸冒険者ギルドでも違法とされている薬物――」

嫌悪を込めた声音で、ユージンはその単語を口にする。

「麻薬だよ」

☆

数日後。

城下町にあるユージンの屋敷。

執務室。

「ユーーーージーーーーーーーーン！」

「うわっ！　急に出てきて耳元で怒鳴るな！」

転移魔術《テレポート》を使われた形跡はない。そんなもんを使用されれば屋敷に張り巡らされた何重もの結界が作動するし、S級魔術師である自分だって探知できる。

それにも拘《かかわ》らずこいつは突然自室に入ってきた。こういうことができるから、この道化師は恐ろしいのだ。

「いや、勝手に部屋に入ってくるなよ」

「ごめんね☆　びっくりさせたくて☆」

「可愛くない。あと女子相手にはやってないだろうな、痴漢行為だぞ」

「う〜ん、夜這《よば》いも悪くないんだけど、ボクちゃんが欲しいのは、この俺様に惚《ほ》れる女の瞳だからね☆　カラダだけ奪っても意味ナイナイ」

「お前の趣味をどうこう言うつもりはないし、やってないなら良い。で、何の用だ？」

「決まってんじゃん。調査結果報告だよー」

これにはユージンも驚いた。

「早いな。もうわかったのか？」

「ピエロッタさんを舐《な》めるんじゃないぜー？　まぁ、エンリコっつー顔馴染《かおなじ》みの貴族がいろいろ知ってたから簡単に済んだんですけどね。裏取りするだけだったし」

まさかその『エンリコ』が、ナインの元いたパーティを食い物にしているとは、ユージンも思いもしない。……まだ、今は。

「で、麻薬を広めてる犯人は？」

「ムドール王国、港を領地に持つ大貴族」

「ムドール……。やはり海上輸送か。その貴族の名前は？」

ピエロがにこりともせずに、

「──タンミワ卿《きょう》」

ん、とユージンがある可能性に気がつく。裏の顔があると噂《うわさ》されている貴族だ。そしてその取引先は確か、

「……では、癒着《ゆちゃく》しているギルドは？」

「べーベル支部」

ユージンは天を仰ぐ。

「つまり──」

「そう。ナインくんがもともといたギルド」

「タンミワ卿には冒険者の息子がいたはずだな。べーベル支部に」

「名前はアイラス」

「繋《つな》がっちゃったな」

「……偶然か？」

「さぁね☆　まぁナインくん本人はなーんも知らないと思うよ？」

にたりと、ピエロが笑う。

「まさか自分がパーティを辞《や》めたおかげで、害虫を丸ごと駆除できた、なんてね」

「駆除するのはこれからだがな」

「殴《なぐ》り込み、しちゃう？」

「物騒な言い方をするなよ」

にやりとユージンが笑う。

「ただの聞き取り調査だ」

ピエロッタはわざとらしく、

「大陸最強パーティの聞き取り調査とかー！　ヤダー怖すぎー！☆」

☆

ユージンが事情を話すと、

「そういうわけだ。悪いがみんな、よろしく頼む」

ソファには、イマイチ話についていけないナインと、休暇が潰れたとボヤくリンダと、怒りに震えるダリアがお茶をしていた。

「つまりアレか……」

わなわなと震えながら、ダリアが絞り出すように、いや怒りを抑えるように、

「そのタンミワという領主がベーベル支部長を経由してギルドに麻薬を流していたと……。ベーベル支部長はナインくんの魔力測定を行い、『無能』としてタンミワの息子アイラスのパーティに拾われるように仕向けたと……！」

図にするとこうだ。

【麻薬の流れ】

タンミワ卿↓ベーベル支部長↓ギルド内部
【お金の流れ】

麻薬を買ったギルド内部↓ベーベル支部長↓タンミワ卿
【ナインくん】

タンミワ卿の息子アイラスが、ベーベル支部長に『奴隷』を要求。支部長はナインを『無能』と偽《いつわ》ってアイラスに売る。

　ダリアの魔力が膨《ふく》れ上がる。赤い陽炎《かげろう》が、彼女の周囲に立ち昇る。隣のリンダが「熱っ」とのけぞった。

「ギルドも……あの男も……きみの価値をまったく理解しないで……『無能』だの……雑用係だのと……利用して……!!」

　がたがたと、ソファとテーブルが揺れる。

「むちゃくちゃ腹が立つなぁ!!　あの街ぜんぶ吹き飛ばしていいか!?」

「やめてください」

「やめなさい」

「やめるんだ」

　立ち上がったダリアを、三人でどうにかなだめた。ピエロッタは踊っている。

　どすん、とソファに座り直すダリア。

「とはいえ僥倖《ぎようこう》と言えるかもしれん。いや、あくまで私にとってはだが。きみにとっては不幸以外の何ものでもないが」

「僥倖……ですか?」

「そうとも。だって、きみと出逢《であ》えたから…………あ」

　言ってから、顔から火が出るくらい恥ずかしくなるダリアである。リンダがニヤニヤしてるのがまた腹立つ。

「と、とにかく、そのタンミワ卿をぶちのめせば良いのだろう?」

ユージンが首を横に振る。

「証拠がない。手は出せない」

「証拠がいるのか」

「……当たり前だろう」

「ピエロ、持ってないのか?」

「俺っちでも無理だねぇ。麻薬は船に積まれてるはずなんだけど、偽装魔術が超一級でねぇ。ユージンでも無理だろうし、とてもじゃないが外せな——あ」

全員が、ナインを見た。

「え、え、な、なんです……?」

☆

大陸西部・ムドール王国。

港町・タンミワ。

そこの領主であるタンミワ卿の屋敷に、報《しら》せが届いた。

「大陸冒険者ギルドが『積荷』の件で臨検調査をしたいだと……? ふん! 冒険者風情《ふぜい》が、

何を調子に乗っておるか！」

　執務室。立派な椅子に座るタンミワ卿は、忌々《いまいま》しげに毒づいた。

　年老いた執事が、主《あるじ》に献言する。

「しかし旦那様、ギルドの要請を断れば、王政府に何と言われるか……」

「わかっておる！　調査などやらせればよい。積荷の偽装は完璧なのだからな」

「調査を担当するのはあの『紅鷹《くおう》』ですが……」

「ふん、〝竜〟を数匹滅ぼした『勇者』だろう。だがそんなもの、我々《われら》の世界では何の箔付《はくづ》けにもならんわ！　そうだろう、お前たち？」

　タンミワ卿が正面のソファに座る男たちへ向かって、そう投げかけた。

「もちろんです」

　答えたのは、眼帯を着けた男。

　そこにいるのは、タンミワ卿が抱《かか》える私設の戦闘部隊――親衛隊であった。ギルドに所属する者もいれば、そうでない者もいる。

　全員が全員、魔術師であり、もともとならず者であった人間たちだ。

　この世界において『戦う者』が全てそうであるように、裏稼業――海賊やマフィア、傭兵に暗殺者といった『暴力』を生活の糧《かて》にする者たちもまた、戦闘魔術を修得しているのである。

　元海賊であり、その殺人技術を買われて親衛隊の隊長を任された男――バンソロミューが不敵に笑う。

「紅鷹《くおう》は対竜では最強でしょう。——だが！　俺たちは対人において最強！」

偽装魔術の解除はおろか、戦闘においても奴らに勝ち目はない。奴らは対モンスターに特化し過ぎているからだ。これまで何人も殺してきた冒険者のように、大陸最強などと自惚《うぬぼ》れる紅《く》鷹《おう》もまた、自分たちの敵ではない。そう、バンソロミューは確信している。

なんなら、あのダリアとかいう赤毛の美女を手籠《てご》めにできるチャンスでもあった。

「——ご領主は、なんの心配もいりませんよ。くはははははは！」

それを聞いたタンミワ卿もまた、同じように笑った。

「そうかそうか！　ふはははは！　頼りにしておるぞ！」

自領地である港から、麻薬を輸出し、莫大《ばくだい》な利益を生み、やがては大陸冒険者ギルドを内部から乗っ取ろうと画策《かくさく》する貴族の、高笑いであった。

タンミワ卿は、思い出したように執事へ確認する。

「——そう、ベーベル支部から返信は届いたか？」

「は。輸出量増加の件は、承知したと」

「そうか！　ふふ、あの男もようやく己《おのれ》の野心に素直になったのだな。で、アイラスはどうしておる？」

「お坊ちゃまは、追加の援助金をご所望です」

「またか……。私の忠告を無視するからだ。放っておけ。良い薬になるだろう」

息子が頭を下げて領地に戻ってくれれば、もちろん寛大に迎え入れてやるつもりである。そもそも、C級のランクを買ってやったのは自分なのだ。なんだかんだ言ってもこの男は息子には甘い。

アイラスには、いずれ自分の跡を継がせねばならない。だがこの父の言うことを軽んじているうちはダメだ。子は父を見習い、父に学ばねばならぬ。

男子たるもの、自《みずか》ら金を稼《かせ》いでこそなのだ。そうタンミワ卿は考えている。方法は多少汚くても良いのだ。この世に、綺麗なものなど存在しないのだから。

「くく、冒険者ギルドが手に入れば、大陸全土を支配できる……。すべて、すべて私のものだ！　ふはははははは！」

高らかに笑うタンミワ卿。

年老いた執事は、胸の内にひっそりと忍んでくる悪い予感を、考えずにはいられなかった。

世には、悪が蔓延《はびこ》る。

正直者が、馬鹿を見る。

タンミワ卿たちはこれまで何度も、同じようにして、敵を排除してきた。政敵を、仇敵《きゅうてき》を、時には無関係の人間を自分の利益のためだけに消してきた。貴族という立場を使い、海賊や傭兵、私設部隊といったならず者を使い、権力と暴力の両輪で支配の手を伸ばしてきた。

だがそれでも——。

——今回は、『相手が悪い』のでは。

彼らはまだ知らない。

紅鷹《くおう》のリーダーが、ノヴァンノーヴェという大国の第三王位継承者であることを。

紅鷹《くおう》自体が、魔物とか竜とか人間とか関係なく、桁外《けたはず》れの化け物どもであることを。

そして紅鷹《くおう》には、あらゆる魔術を斬ることのできる少年がいることを。

——私も、先は長くないな。

老執事はぼんやりと悟る。

ここに至るまで主人を止められず、また自らも手を汚してきたことを考えると、自分だけ逃げようとは、とても考えられなかった。

第十五話 『買いかぶり』すぎるな

大陸西部・ムドール王国。

港町・タンミワ。

船着き場。

カモメが鳴き、潮風が吹く。

いくつも停泊している大型の帆船。その帆には、魔術陣が描かれている。風と、魔素《マナ》を摑んで進むためだ。

また、魔石を使った動力船もある。人夫が交代で魔力を注いで動力を発生させ、スクリューを回転させて進むわけだが、ハイパワーである代わりに魔石自体が非常に高価なため、あまり普及していない。

タンミワ卿《きょう》の所有する数十隻の輸送船は、多くが帆船と魔力船のハイブリッドであった。最もパワーを必要とする発進と逆進、そして急加減速に魔石動力を使い、それ以外の時は帆船として運用する。

奴隷が使えなくなったこの時代では、最も進んだ船舶といえた。

そのうちの一隻に、ナインたちが乗り込んでいた。

甲板《かんぱん》の上で、武装解除された調査メンバーが、出迎えるタンミワ卿の一味と挨拶《あいさつ》を交わす。

調査メンバーは、ユージン、ダリア、ナイン、そしてムドール王国から派遣された監査役員。

対するタンミワ側は、タンミワ、親衛隊長のバンソロミューと、部下が五名。

ユージンがにこやかに、

「これはこれはタンミワ卿。卿自《みずか》ら出迎えてくださるとは、恐れ入ります」

タンミワもまた、にこやかに、

「いえいえ、ユージン殿。大陸冒険者ギルドの調査とあれば、私がご案内せねば無礼というものでしょう。それに王政府の監査役の方までご一緒なら、なおさらです」

と、タンミワはユージンの隣にいる男に顔を向けた。

細長い眼鏡をかけた、五十歳くらいの神経質そうな男だ。いかにも文官らしい、皺《しわ》も汚れもない制服をぴしっと着ている。

ムドール王国の監査役員・イアンノーネである。

「タンミワ卿には何度も手間をかけさせて申し訳ない。卿を疑っているわけではないのだが、他の貴族の方々から訴えがあっては無視もできないのでな。まぁ、形式的なものだ。すぐに終わるだろう」

事務的な口調でそう話した。

彼は、ギルドが王国に依頼した、証人である。

また王国も、イアンノーネの言う通り、何度かタンミワの船の臨検をしている。しかし――

何も出てこなかった。明らかに密輸をしている動きはあるのだが、証拠がないのだった。

その点で、大陸冒険者ギルドとムドール王国政府の利害は一致している、と思われた。

タンミワはにこにこしたまま、

「ええ、もちろん結構ですとも。あらぬ疑いを晴らせるのならば、何度でも行うとよろしいでしょう。周りに嫉妬《しっと》されるのも、身分の高い貴族の務めですから」

もっとも、その腹の内では、

――王国政府の犬め……。何度も懲《こ》りずによく言うわ。ギルドとも結託しおって、下級貴族出の木っ端《こっぱ》役人が調子に乗りおってからに。

それを知ってか知らずか、監査役員イアンノーネは表情を崩さぬまま、

「では、案内していただこう。積荷のもとへ」

「ええ、ではこちらへ――」

言って、タンミワは積荷のある船倉へ案内する。

調査メンバーは「船には可燃性の危険物がある」という理由で、武具を預けていた。

武器だけではない、魔導鎧《よろい》ですら、「魔術起動による不測の事故」を防ぐために預けさせら

れた。完全に無防備な状態だ。見た目は普段と変わらないが、彼らが身に着けているものはただの『布』であり、魔術的な防御力としては『裸』と大差ない。

もちろんタンミワ側の作戦である。

戦いは、すでに始まっているのであった。

監査役員・ギルドの男と女・助手の小僧。この四人を、タンミワは積荷のもとへ案内していく。

船の周囲、港のあちこちで、迷彩魔術で身を隠した狙撃術師が何名もクロスボウを構えているが、この場にいる誰にも見えてはいなかった。

ただ一人、『助手の小僧』を除いては。

☆

監査・前日。

タンミワの屋敷。

タンミワと親衛隊長《バンソロミュー》が、港の地図を広げて作戦会議を行っていた。

忌々《いまいま》しそうにタンミワが、

「ギルドが王政府の監査役員を呼んだ。証人のつもりだろう」

バンソロミューは主《あるじ》の動揺を冷静に受け流す。

「王政府もこちらの尻尾を掴むためにギルドを利用する算段ですな。なに、何も出てこないとなれば、どちらもメンツを潰《つぶ》すだけのこと。後悔させてやりましょう」

「配置はどうなる？」

「親衛隊が三十名、港の各所に置きます」

「うむ。王国とギルドの臨検に、領地の兵士は動かせんからな。万が一の場合、王政府に与《くみ》する者が出ないとも限らんし、口封じに手間もかかる」

タンミワが王政府に反乱を起こす際は、当然、自領の兵士を動かすが、今はまだその時ではない。親衛隊のみで片づけねばならない。

「もっとも、お前たちが動く事態にはならないだろう」

「仰《おっしゃ》る通りです。奴らには『空振りだった』という結果だけ持たせましょう。とはいえ、念には念を入れます」

港全域を、バンソロミューが大きく丸で囲む。

「通信攪乱《ジャミング》の結界を張ります。監査役員は、通信《コール》と音声記録《レコード》の魔石を持ってくるでしょうが、少なくとも通信《コール》は封じられます。万が一の際は、音声記録《レコード》の魔石を奪ってしまえば良いこと」

「死人に口はない、というわけだな」

頷いたバンソロミューが、

「魔術師が魔術を行使するためには、『武器』が必要不可欠。魔術師は、己《おのれ》の魔力を魔術武器を介さずには、その効果を発揮できないからです。つまり――武器さえ奪ってしまえば、魔術師は魔術を使えない」

実はこれには例外があるのだが、タンミワはもちろんのこと、バンソロミューも知らない。

「もともと、魔石動力船への武器持ち込みにはかなり厳しい制限があります。それこそ、王国政府の将官クラスでもない限りは不可能。つまり奴らは、船に乗る前に無力化されています」

「なるほどな」

「港の各所に、親衛隊の狙撃魔術師を置きます。迷彩を施《ほどこ》し、いつでも撃てる状態です。トロールをも殺せる魔術弩弓《クロスボウ》ですから、人間など即死です」

「魔導鎧も取られ、防御魔術も展開できない奴らには、防ぎようがないというわけだな」

「仰る通りです」

バンソロミューが尋《たず》ねる。

「調査チームですが、生かして帰しますか？　監査役にも偽装魔術を見せすぎました。万が一にも破られることはありませんが、そろそろ消しておくべきかと」

「うむ。確保しろ。ギルドや王国政府内の情報を引き出すにしろ、蜂起《ほうき》の際に人質にするにしろ、使い道は大いにある」

「承知しました」

「くくく、明日が楽しみだな――」

タンミワとバンソロミューはほくそ笑むのであった。

☆

同じく、臨検前日。

ユージンの屋敷。

「――と、いうのが想定される敵の備えだ」

ユージンが紅鷹《くおう》とピエロッタに向けてそう話した。

ダリアが呟《つぶや》く。

「作戦は――考える必要ないか。ゴリ押しだな」

「そうだな」

ピエロッタの調査報告書は全員に行き渡っている。

「海運業というより海賊だな……。民間船の略奪に、誘拐した少女たちの売春斡旋《あっせん》、禁止されている奴隷売買、土地や船舶の権利書の強奪・偽造、そして麻薬か」

いっそ怒りを通り越したダリアが氷のような目で報告書を眺めている。

「よくもまあ、こんな余裕があるものだな」

「まったくだ。まだ大陸の三割は『危険エリア』に支配されているというのにな」

ユージンが頷いた。

「今回の作戦だが、一つだけ懸念《けねん》がある」

「なんだ？」

「情報提供者が、ムドール王国の監査室なんだ。あそこもタンミワ卿の麻薬密輸や、それによる勢力拡大を危惧《きぐ》しているらしい。一領主が力をつけすぎると反乱の恐れが増すからな」

横からリンダが、

「それのどこに懸念があるの？」

「完全には信用できない」

「大丈夫でしょ。ムドール王国政府も、ギルドに嘘ついたってメリットはないよ」

「理屈ではそうだ。だがもし、王国政府すら、かのタンミワ卿が実質的に支配していたら？」

む、とリンダが唸《うな》る。

「……なくはない、か。一〇パーセントくらい？」

「だからリンダ、きみには対結界用の装備で待機してほしい。例のバリスタを用意してくれ。あれならジャミングも消せる」

「はぁ!?　あの『竜剛《りゅうごう》』を破るやつ？　いるの？　たかが一地方の領主相手でしょ？　国ですらないんだよ？　ただのマフィアじゃん！」

「念には念をな。先日のムゥヘル戦では、俺は三手も読みが足りなかった。その反省だよ」

「えー、あれ持っていくだけで結構お金かかるよー？　もったいないなー。本当にいいのー？　無駄だよー？」

「わかってる。慎重すぎるとは思う。だが、やってくれ」

ユージンの真剣なまなざしを受けて、リンダは頷いた。

「………わかった。リーダーがそこまで言うなら、従う。無駄になっても文句言わない。どうせチームの経費だしね」

「うん、ありがとう。では各員、」

ユージンがメンバーの三人を見て、

「〝竜〟を相手にするつもりでかかってくれ」

☆

「〝竜〟を相手にするつもりでかかってくるだろうなァ、奴らは」

バンソロミューが笑う。

「それが間違いだってんだよ、冒険者……。お前らの相手は、知能ある人間だぜ？」

「とはいえ、相手は人間だ。それもかなり低俗な部類だ。敵の戦術レベルを考慮して動いてくれ」

全員を見渡すユージンに、ダリアが訊《き》き返した。

「というと？」

「最適解を取るとは限らない。理屈に合わない行動に出ることもある。人間だからな」

「つまり？」

「『買いかぶり』すぎるな」

☆

そして――臨検当日。

船内。

「ユージン殿。こちらが積荷でございます」

タンミワ卿が調査チームに『絵画』を見せていた。値が張るものだ。一作品で屋敷が建つ高価な芸術品が、いくつも丁寧《ていねい》かつ厳重に保管されている。

「ナインくん。視えるか？」

『助手の小僧』は、目をキラキラと輝かせている。

「――ええ。うわぁ、すごい綺麗です……。いろんな光の筋がいくつも重なって、絡《から》み合って、虹の川みたい……。オーロラってこんな感じなんですかね……？　これ、ピエロさんにかかってたものより、ずっと高度ですよ。凄《すご》いなぁ」

「？　そうでしょう、そうでしょう。この絵画は百年も前のものでありながら保存状態が大変よく――」

自慢げに話し始めるタンミワ卿を遮《さえぎ》って、ユージンが命令を下した。

「よし、始めよう。各員、健闘を祈る」

監査役員《イアンノーネ》は無表情のまま、

「見物《みもの》だな」

武器をすべて預けたナインは、唯一《ゆいいつ》、所持を許されたペーパーナイフを、まったく何もない空間に、「すっ」と振るった。

「――でも、綺麗すぎて、斬りやすいです」

音もなく。

絵画が消え去り、大量に積み上げられた木箱が現れた。

「なっ……なななっなななななななっっ…………！」

「な」しか発せないタンミワと、「ほ」と口にしたまま固まる監査役員《イアンノーネ》。

ユージンが天使のような笑顔で、

「今すぐ投降しなさい。そうすれば、」

天気予報のように気安く、

「苦しまずに死ねるでしょう」

死の宣告をした。

第十六話　彼らにとっての〝竜〟

ナインがはじめて人間を斬ったのは、彼が六歳の頃である。

まったく、山奥の田舎《いなか》は危険が多い。人間も、モンスターも、ヤバい奴らしかいない。

ある日、山奥にある生家が、山賊の集団に襲われた。

襲ってきた以上は、敵である。

敵であるからには、容赦はしない。

仕方ないので、まだ床《とこ》に臥《ふ》せる前の父とともに、返り討ちにしたのだった。病気の母と妹が寝ているので、なるべく静かに、そして素早く始末した。相手が十人程度だったので助かった。

もちろん、一人を半殺しにしてわざと逃がすことも忘れない。襲いに来たということは、襲われる覚悟も持っているはずである。奴らの隠れ家まで戻らせて場所を特定したら、その場では襲わずに、こちらも一度戻ってしっかりと準備をしてから狩るのだ。

闇に紛《まぎ》れるよう衣服は黒いものを着て、持っていく刀は予備も含めて三本、投げナイフは十二本、隠し小刀はブーツの中、煙幕は五つ、あとはなんか、音を出すやつとか、眠らせるお香とか、いろいろと。

父が言うには「見つけたらすべて狩っておかないと後で報復に来る」そうなので、念入りにやった。

去年やったゴブリン狩りと同じ要領だな、と当時のナインは思った。

まったく、山奥の田舎は危険が多い。人間も、モンスターも、ヤバい奴らしかいない。

というか、人間もモンスターも大して変わりはないのだと、山賊の巣を掃除しているときに実感した。ただ、モンスターなら、死んだ後は霧《きり》になって魔石を落とすので、臭《くさ》くないし、後処理も楽だし、換金しやすかった。人間の良い点は、着ているものや武器をそのまま売れるところだ。

話が通じない――会話が成り立たない奴がいるのはどちらも同じだし、一度斬り合いになったら相手が人間であろうがエルフであろうがドワーフであろうが獣人であろうがゴブリンであろうがオーガであろうがトロールであろうが、関係ない。

『線』を『視《み》て』、斬るだけだ。

それしかないし、それしかできない。

魔力がほとんどないのは生まれた時からわかっていたし、自分が生き延びるためには剣術を習うしかなかったし、

――ぼくが、二度と捨てられないためには、七星剣武《しちせいけんぶ》で強くなるしかない。

山賊の頭領の首を刎《は》ねながら、そんなことを思った。
父は自分の頭を撫でて、「よくやった」と褒《ほ》めてくれた。
嬉しかった。
もっと褒めてほしかった。
もっといろんなことを教えてほしかった。
…………。
……はて。
なんでそんなことを思い出したのだろう。
ああ、そうだ。
今日は久しぶりに、人を斬るからだ。
父にはもう会えないけれど。
母と妹にも、もう二度と会えないけれど。
きっと褒めてくれるはずだと、信じている。

☆

大陸西部・ムドール王国。

港町・タンミワ。

積荷用の広い船倉では、二つの勢力が対峙《たいじ》している。

調査メンバー：ユージン、ダリア、ナイン、監査役員のイアンノーネ。

タンミワ側：タンミワ、親衛隊長のバンソロミュー、部下が五名。

合計、十一名だ。

十一名の人間と、大量の木箱が船倉にあった。

――ば、馬鹿な……！

タンミワ卿《きょう》は一歩、後ずさりながら、有り得ないという顔をする。

偽装魔術が破られ、大量の木箱が露《あらわ》にされた。あの中にはもちろんブツが入った麻袋《あさぶくろ》が詰め込まれている。

見られてはまずい。

バンソロミューが即座に動いた。部下五名とともに壁となり、木箱の前に立ちはだかった。

監査役員のイアンノーネが、皺《しわ》一つ、汚れ一つない制服を少しも動かさず、端的に命令する。

「どきなさい」

「これは申し訳ない。どうも手違いでこちらの積荷が瞬間転移《テレポート》してきたらしい」

バンソロミューはいけしゃあしゃあとそう言った。内心の焦《あせ》りは悟られてはいけない。

「やれやれ、一体どこの間抜けがこんな真似を……。トラブル発生だ。申し訳ないが、今日はお引き取り願おう」

　いけ好かない監査役員は表情をぴくりともさせず、

「中身を見せなさい」

「残念ですが、お断りさせていただく」

「では王国およびギルドの法により、勝手に見るが、構わないな」

「勝手に？　ふはは、一体どうやって――」

　視界の端に、それが見えた。

　小僧だ。

　ギルドの使いの助手の小僧が、いつの間にかバンソロミューたちの作った壁をすり抜けて、頑丈に封印していたはずの木箱を開け、中の麻袋を取り出し、あまつさえ袋から中身の粉を抜き取っていた。

「ユージンさん」

「ああ、反応は？」

　止める暇《ひま》もなかった。

　小僧は隠し持っていた瓶に、その粉を入れた。色が変わる。何色かなどどうでもいい。その変化は間違いなく、

「麻薬です」

それを示すものだからだ。

バンソロミューは迷わなかった。


「全員殺せッ！」


叫ぶと同時に、五人の部下がやられた。

一人はバンソロミューの真横を吹っ飛んでいった。脇をかすめた突風が己《おのれ》の髪をなびかせる。一瞬遅れて冷や汗が出るのと、後方で「ぱぁん！」と巨大なトマトが飛び散ったかのような音が聞こえたのは同時だった。壁に衝突したのは『人間』であるはずなのに、なぜあんな音が出るのか、バンソロミューには理解ができない。

残りの四人は首を押さえながら一言も発することなく倒れていく。発しないのではない。発せないのだ。全員が全員、声帯ごと頸動脈《けいどうみゃく》を斬り裂かれているからである。ごぼぼ、と自らの流血で溺れながら、これまで不正と暴力によって甘い汁を吸ってきた部下たちはのたうち回りながら最後の三十七秒間を地獄の苦しみの中で過ごす。

「──もう一度だけ、チャンスをあげよう」

甘い声で。

時と場所さえ違えば、初心《うぶ》な生娘《きむすめ》ならそれだけで恋に落ちてしまいそうなほどの笑みを浮かべて。

真っ白な法衣に身を包んだ大陸ギルド最強パーティのリーダーが、バンソロミューの背後にいる雇い主《タンミワ》を見詰めながら、告げる。

「投降するんだ。今すぐに」

☆

「ご領主ッ！」

バンソロミューは転移結晶を起動した。領主《タンミワ》を抱《かか》えて船外へ脱出する。

脱出先は、部下三十名を配置させた港ではなく、屋敷である。

一瞬で、港の船内から、タンミワの屋敷の執務室まで逃げ延びたのであった。

モンスターや竜が遺《のこ》した魔石は、人間だけが使える。

……いや、正確にはエルフやドワーフ、獣人などの亜人種も使えるのだが、今回は割愛《かつあい》する。

ともかく、冒険者《やつら》が普段相手にしているモンスターは使えないのだ。ゆえにこれは盲点だったはず。まさか自分たちが転移結晶を使って逃げるなどとは思わなかっただろう。

その証拠に、ここは安全だ。側近の部下が一人いるのみ。敵はいない。

絨毯《じゅうたん》にへたり込むタンミワへ、バンソロミューは冷静を装《よそお》って告げる。

「ご領主。私は船へ戻ります。奴らを始末せねばなりません」

主《あるじ》は慌《あわ》てふためきながら、バンソロミューの服を掴んだ。

「お、おい、大丈夫なんだろうな!?　部下が何人かやられたように見えたぞ！」

何人かではなく五人全員だ。しかしそれを言う必要はない。

まだ全滅ではない。策はある。

バンソロミューは主の指を服から外しながら、不敵な笑みを浮かべる。

「問題ありません。ご領主はこちらにてお待ちください」

「お、おお……」

主が頷《うなず》くのを見ると、傍《かたわ》らに佇《たたず》む側近に確認する。

「シェイマス、転移結晶はあるな？」

「は！　船への直通です」

転移結晶が一度に幾つもの場所を記録できれば良いのだが、いかなる魔術師でもそれは不可能だ。その生命体が持つ魔力の流れを印として刻むのだが、どういうわけか、二つ目の転移結晶に印を刻むと、一つ目の転移結晶が使えなくなるのである。

よって、転移結晶による瞬間移動は、一つにつき片道一回のみ。同行できるのは自身を含めて最大四名まで。バンソロミューは部下のそれを使う気である。

「よし、お前は俺と来い。――ジョン！　ご領主を頼んだぞ」

呼ばれたのは、老執事だった。彼は困惑《こんわく》しながらも、へたり込むタンミワに寄り添う。

「ではご領主。――最悪の事態に備えて、逃亡のご準備を」

部下の転移結晶を使い、バンソロミューは再び消えた。

「おお、おおお……何ということだ……。何ということだぁ！」

タンミワは足をがくがくと震わせていたが、しかし自《みずか》らの拳でその足を叩く。気合いを入れたのだ。

「おのれ！　ギルドめ！　こんなところで終わってたまるものか……！　許さん、絶対に許さんぞぉ！」

叫びながら立ち上がる。どしどしと部屋を歩き、執務机に向かうと、指示された通りに逃亡の準備を始める。ここで一度、身を引くことは恥でも何でもない、とタンミワは理解している。

恐慌状態から自力で脱したタンミワ卿。その心胆の強さは、暴力によってここまで家を大きくしてきた者が持つ、確かな才能であった。

自陣に逃げ込み、震えながら部下の帰りを待つのではなく。

怒りに燃えて、次なる手段を模索《もさく》し、必ず復讐を果たすと心に誓う。

海賊団の頭領であったバンソロミューがなぜ彼に仕《つか》えているのか。

金だけではなく、その精神性にあるのだった。

そして――。

――こいつは確かに、生かしておくとマズいね☆

老執事が――否《いな》、老執事の皮を被《かぶ》っている男は、そう確信した。彼も同じように、金ではなく精神的な結びつきで、ある男への忠誠を誓っているからだった。

「おい、ジョン！　転移結晶はあといくつある！」

タンミワが振り返る。

そこにいつもの老執事はいない。

ただ、ピエロが笑っていた。

にたぁり、と笑っていた。

☆

船内。

バンソロミューとタンミワが消えたのを見て、ユージンが呟《つぶや》く。

「逃げたか」

ナインが尋《たず》ねる。

「行き先ってわかるんですか？」

「観測者がいればね。魔素《マナ》の流れが僅《わず》かに残るんだ。それが目印になる」

とはいえ、転移結晶で追う、といった真似はできない。転移結晶は『登録した地点に瞬間移動』する魔石であり、それ自体に追跡機能はないからだ。

個人そのものを登録することは、今の技術では不可能だ。魔石を体内に埋め込むなどの実験が過去に何度か試みられたが、被験者が無事だったという記録は今のところ皆無である。

「リンダが港を監視しているから、今の転移結晶がどの方向に飛んだかはわかるはずだ。あとはその残留した魔素《マナ》を地道に追っていけばいい。もっとも、彼女がやられていなければ、の話だが」

ジャミングの影響で、外とは連絡が取れない。状況は不明のままだ。

「さてナインくん。敵はどう出ると思う?」

「えっと……」

問われて、ナインは辺りを見渡した。

船倉内部。床には、血だまりと、さっきまでのたうち回っていた兵士の死体が四つ。壁には潰れたトマトみたいになってる兵士だった肉片がへばりついている。周囲の木箱には麻薬が満載で、上の方が何やらどかどかとうるさいのは、敵の兵士が集結しているからだろう。

隣には、兵士を潰れたトマトにした監査役員が、休めの姿勢で立っていた。その足元の船板がなぜか割れている。彼はユージンと同じように、ナインがどんな答えを返すか待っているようだった。

「親衛隊長は領主を連れて逃げました。証拠は発見されたし、この戦力差なので――」

　ナインは答える。

「逃げると思います。遠くへ。屋敷にも戻らずに、誰も知らない場所へ。……追いかけるの、大変そうですね」

　それを聞いて、ユージンは口の端を上げた。

「上出来だ」

　その隣の監査役員は、「ほ」と先ほどと同じような顔を見せた。これは「感心している顔」なのかもしれないと、ナインは思った。

「さすがナインくんだ」

　ダリアも満足そうに頷いた。彼女もまた武器は持っておらず、マントや胸鎧《むねよろい》すら身に着けていない。いつも魔導鎧の下に着ているノースリーブの赤いブラウスとショートパンツ、サイハイブーツのみだった。胸鎧やマントがないせいで、はちきれんばかりの胸部の形や白い太ももがはっきり見えてしまってナインはどきまぎする。少し動くだけで豊満な胸がゆさゆさと揺れていた。ナインがそっと目を逸《そ》らすと、ユージンが先ほど出した問題の答え合わせをする。

「『敵は逃走する』。俺もそう思う。いや、俺だったらそうする。だがナインくん。作戦前にも伝えたことを思い出してくれ」

「作戦前……？」

「俺は相手を、どう考えるべきだと言ったかな？」

「確か……〝竜〟だと思えって……いや、その後に……」

「にゃおーう。ぷぐしゃー」

まどろっこしいわねとっとと教えなさいよ、という意味でエヌが鳴くと、それがわかったはずはないのだが、ユージンは答えた。

「『敵の戦術レベルを考えろ』だ。――ほら」

ユージンが視線を上に向ける。ナインも気づいた。

ユージンは魔素《マナ》の動きを感知して、ナインは気配を察して。

船に――甲板《かんぱん》に、再びバンソロミューが戻ってきたのだ。

ナインの首が自動的に傾く。上ではなく、横に。

「…………………なんで？」

心底わからない。

こんなに戦力差があるんだから、勝ち目なんてないんだから、しかもせっかく逃げられたんだから、そのまま領主を連れて高飛びすればいいのに。

「彼らにはわからないんだよ、それが」

優雅に法衣を揺らしながら、ユージンがゆっくりと歩いていく。階段へ。船室の外へ向かって。甲板に出るために。

「まだ、『自分たちの方が有利』だと思っている。きみたち二人がどうやって部下を倒したかもわからないだろうに」

あの瞬間。バンソロミューが「殺せ」と部下に命じた瞬間。

ナインは時間を止めて全員の動きを『線』で把握し、部下四人をペーパーナイフで斬った。

残りの一人は、監査役員のひとの『殺《や》る』という意志を『線で視《み》た』ため、任せたのだった。

まさかあんな――潰れたトマトみたいになるとは思わなかったけど。

ちなみにダリアは動く気配がなかった。腕を組んで仁王立ちしていた。たぶん、自身が手を下すまでもないと思ったのだろう。正解だ。

「あの親衛隊長《ひと》は、一瞬で五人やられて、それが見えていなかったのに、まだ勝てると思っているんですか……？」

「見えなかったからこそ、戦力差が理解できなかったとも言える。あるいは、何か秘策があるのかもしれない。ムゥヘルに比べて圧倒的に戦力に劣る俺たちが、きみという切り札を手にして戻ったように。あの親衛隊長も、俺たちが思いもよらぬジョーカーを持っているのかもしれない」

「なるほど……」

自分たちはいま、彼らにとっての〝竜〟なのだろう。

「――さぁ、慎重に行こうじゃないか。とはいえ、あまり『買いかぶり』すぎずにね。優位性を保ちつつ、圧倒的な戦力で、しかし足をすくわれないよう、確実に潰していこう」

その物言いは、父のそれとそっくりであり、ナインは改めて確信した。やっぱりこのひとは信頼できる。そしてやっぱり、このひとは敵に回してはいけない。肌で感じる恐ろしさがある。

「ああ、それと」

とユージンは足を止めて振り返った。

「あなたの防御は俺が担当しましょう。周囲五メートルまではどんな魔術も防いでみせます。あなたほど速くは動けませんが、俺と一緒に行動してください。それでよろしいですか?」

訊《き》いた相手は、監査役員。

ナインですら遠慮するほどの明確な殺意で、一瞬にして至近距離にいた敵を数メートル先の壁まで吹っ飛ばした彼——イアンノーネは、頷いた。

「お任せするとしよう」

皺一つない、汚れ一つない制服のまま、初老の監査役員は微《かす》かに笑った。

うわ怖、とナインは思った。

山奥の田舎も危険が多かったけど、都会も怖いところだなぁ、と。

船に戻ってきたバンソロミューは、敵がまだ甲板《かんぱん》に上がっていないことと、自分の優秀な部下たちが配置についていることを確認した。

ボディチェックと荷物検査で転移結晶を持っていないことも確認済みだ。

通信攪乱《ジャミング》は起動してあるし、通信魔術《コール》で仲間を呼ばれる心配もない。

どこかに潜《ひそ》んでいるであろう援護術師《リンダ》の狙撃も、ジャミングによって誘導性は失われるだろう。魔術誘導を持たない直進性の矢を撃たれる可能性があるが、射線を切ればよいし、もし部下の一人が撃たれても、その直線上にいることがわかるから、すぐに反撃・強襲ができる。

敵は、援護も退却も不可能な状態だ。

そして武器はすでに、海へ捨ててある。回収は不可能だ。

——勝った。だが、油断はしない。

先ほどの戦闘で、どうやって五人を殺したのか、バンソロミューはまったくわからなかった。

ただ、敗因は『近距離』だったことだろうと考える。

対策はシンプルかつ、予定通りだ。

狙撃すればよい。

防御魔術も使えない奴らは、魔術弩弓《クロスボウ》を防ぐことすらできない。船への損害はこの際度外視して、矢の種類は『一二ミリ魔力光弾』にせよと命じてある。魔力消費が激しいため一人では十数発程度しか撃てないが、タンミワに話した通りトロールですら難なく殺せる高威力だ。船に配置した十数名による斉射を喰らったら、ひとたまりもないだろう。

バンソロミューが監視するなか、甲板上の、船内へと続くドアが開かれる。

罠《わな》を警戒する。たとえば囮《おとり》。部下の死体や、船内から適当に選んだ積荷を投げて、それを撃たせたりだとかだ。火薬の類《たぐい》は載せてはいないが、あのペーパーナイフですら武器にした奴らだ。必ず何かを仕掛けてくる。

だが——出てきたのは、三人だった。

ユージンとイアンノーネ、そしてダリアは、何の手立てもなく、丸腰のまま、扉から普通に出てきた。

一瞬、拍子《ひょうし》抜《ぬ》けする。こいつら何も考えていないのか？

困惑《こんわく》はするが、チャンスは逃せない。バンソロミューは指示を出した。

撃て、と。

凄《すさ》まじいフラッシュの連発だった。一発一発がトロールを粉砕するほどの光弾が、何十発も同時に放たれたのだ。流星群を至近で見ているようなものだった。

ごがががががががががっ！

響くのは船の装備が破壊される音。甲板の一部が弾け飛び、マストが傾き、船橋《せんきょう》にいくつもの穴が開き、
しかし、扉には何の損傷もなかった。

——当たってない？

いやそれよりも、三人はどこだ。三人の死体はどこに行った。いくら粉々になっても、なんらかの痕跡を留《とど》めているはずだ。

通信攪乱《ジャミング》のせいで通信魔術《コール》は使えない。部下に確認せよとも命じられない。バンソロミューは肉眼で三人を探して——

いた。

迷彩魔術で身を隠した二人組の狙撃術師に、三人が肉薄していた。

バンソロミューの考えは正しかった。どうやって五人の部下を殺したのか、またその対策も。

近くにいたからだ。

ゆえに、近づかせてはいけないのだ。

その結果——

ぱぁん！

二人の部下が吹っ飛ばされた。空中でその体が、まるでプロペラのように真横に回転した直後、粉々に砕け散った。

やったのはあの女と文官だ。ギルドの使いで来た女と、監査役員として来た男は、二人そろって、下半身を沈めるような体勢からゆっくりと「休め」の姿勢に戻った。まったく同じ動きだった。体操を終えたような、そんな奇妙な動きだった。

いや、違う。

あれは『武術』だ。

自分はあれを知っている。

魔術が全盛の、魔力量に応じていくらでも使い勝手のいい武器や戦法が選べるこの時代において、あの二人は『武術』を使《つか》っているのだ。

バンソロミューは戦慄と同時に、歓喜にも似た笑みを浮かべる。

――俺と同じか……！

狭い船の上で戦うことの多い海賊にとって、それはクロスボウなどよりもよっぽど身近な戦闘技術であった。

しかし、どうやって？　自分が使う格闘魔術は、装備した魔術籠手《こて》を起動させることで威力を発揮する。格闘であっても、『魔術』であるならば、魔力の媒介《ばいかい》となる『武具』が必要であるという大前提は変わらないはずなのだ。しかしあの男は、籠手はおろか手袋すら着けていない。武具は持っていない。

そして武具もないのに魔術を使っている者が、その隣にもう一人いる。

どがががががががっ！

相も変わらず斉射される魔力光弾。しかしその弾雨の中を、白い法衣を着た青年は、優雅に佇《たたず》んでいる。両手を広げ、何かに祈りを捧《ささ》げるように。

青年――ユージンの周囲には魔術による防御結界が張られ、クロスボウの光弾から二人を完全に守っていた。先ほどの、甲板と船内を繋ぐ扉がまったく無傷であったのも、奴が結界を張っていたからだろう。

そして格闘家が次の狙いを定め、人外とも呼べる速度で移動、肉薄すると、
ぱぁんっ！

あの音が響き、部下がプロペラのように回転しながら吹っ飛び、そして爆散する。それの繰り返しだった。

――何故《なぜ》だ!?　武具もないのにどうして魔術を起動できる……！

魔術師は魔術武具がなければ魔術を使えない。

それはなぜか。武具に刻まれた魔術を起動させるからだ。十数もの呪文を複雑に絡《から》ませ、重ねたものがこの時代における『魔術』である。人間が、エルフが、ドワーフが、獣人が、人ならざる精霊や妖精――『肉の体を持たない彼ら』の力を借りて世界に発現させる技術が魔術で

ある。

神の御業《みわざ》の再現なのだ。

人間が、生身で行うなど不可能なはずである。

だが何事にも例外がある。

「ふーん♪　ふーんふふーん♪」

例外その一。

一流の魔術師は、自分の頭の中で複数の詠唱を同時に行うことができる。

自分の脳を、魔術武器の代わりとするのだ。

ユージンはこれを、『頭の中に呪文の楽譜を流すんだよ。オーケストラの』と喩《たと》える。彼にとって、詠唱は音楽らしい。「意味わかんない」とはリンダの言。オーケストラ全員分の楽譜を流すって、それ一体何人分あるのよ。

「ふーん♪　ふーんふふーん♪　ふふふふんふんふんふんふーん♪　ふふふふーん♪　ふーふふーん♪」

鼻歌交じりに、両手を指揮者のように振りながら、ユージンは防御結界を張っている。まるで、歌が詠唱であるかのように。

ちなみに楽曲名は、『ニュルンノーヴェのマイスタージンガー』。ユージンの故郷・ノヴァンノーヴェ王国の南地区に位置するニュルンノーヴェを舞台にしたオペラの前奏曲である。壮大

かつ優雅な旋律を、ユージンは非常に好んでいた。彼がまだ幼い頃、ピエロッタがこっそり観劇に連れていってくれたのだ。窮屈《きゅうくつ》な宮殿を抜け出して鑑賞したオペラは、幼いユージンに多大な影響を与えた。魔術の才能が花開いたのもそれからだ。

嵐のような光弾の中で、ユージンは世界に自分しかいないかのような優雅さと自由さで以《もっ》て、歌を唄《うた》う。

「──ふっ！」

その防御結界の範囲内ギリギリで、イアンノーネが風のように動いた。

クロスボウを撃っていた敵兵の両足の間に、たん、と自《みずか》らの左足を踏み込んだ。船板がみしりと割れる。抱きつけるほど接近したと同時に、両手をすばやく魔道鎧に包まれた敵の胴体へ押しつけた。息を吐く。

──武技・功気掌《こうきしょう》。

ぱぁんっ！　という音を立てながら敵が回転しながら吹っ飛び、吹っ飛びながらその肉体が爆散した。自らの体内に貯めた魔力を、敵の体内に直接叩き込み、中で爆発させたのだ。

敵がどんなに固い鎧を身に着けていようが関係ない。

東の大陸から伝来した武闘技術に、魔術武具による魔術を組み合わせることで完成を見たイアンノーネ独自の技だ。

だがイアンノーネの手に武器はない。彼はユージンのような真似はできない。ではどうやって魔術を起動させたのか。

例外その二。

魔術武器を体内に埋め込む。

武器を持たなくて済む。道理だ。体の中にあるのだから。

だがもちろん簡単ではない。骨折のためにプレートを埋め込むような手術とは似て非なるもので、ある種の臓器移植に近い。手術で死亡する確率は五〇パーセントで、成功しても後遺症はほぼ必ず起こる。たとえば、手足が動かなくなったり、起き上がれないほどの激痛に苛《さいな》まれたりと、戦うために移植したのに戦えなくなる――そんな本末転倒な結果になることも多い。

その点、イアンノーネは幸運だった。

彼の場合は、表情筋の麻痺《まひ》と、視覚と味覚をほぼ失っただけで済んだ。彼は常に無表情であり、彼が耳で捉《とら》えるものは足音や声音に空気のゆらめきや周囲数十メートルのあらゆる気配であり、彼が見えるものは魔道眼鏡を通じて得た解像度の低いぼやけた映像であり、彼が舌で味わえるものは極端に甘いお菓子だけである。

そして――例外その三。とびっきりの特例だ。

ユージンとイアンノーネの死角からクロスボウを撃とうとしていた部下へ、赤い影が真正面から突進する。だが弾丸の方がわずかに速かった。接近しようとした女の生身の肉体に、トロールですら一撃で粉砕する威力の魔術攻撃が何発も直撃した。魔導鎧もなく、ユージンの結界からも飛び出した彼女は無事では済まない、跡形もなく弾《はじ》け飛ぶ、はずだった。

――武技・功気掌《こうきしょう》。

しかし女は何事もなかったかのように部下の胴体に手を押しつけると、あの文官と同じ技を使用して、一瞬でそいつを弾けたトマトに変えた。

例外中の例外。

ただの天才。

魔術ではない。ただ、魔力をお腹《なか》に集めただけである。集めた魔力を手から放出しただけである。それは、監査役員が使用している武技と同じものでもあった。そして防御魔術も使用していない。彼女の膨大《ぼうだい》な魔力量ならば、集めた魔力を体の外側に留《とど》めておくだけで、〝竜〟の攻撃ですらない魔術矢など簡単に跳ね返してしまえるのだった。

人の世はとかく理不尽である。ユージンが脳内で数十人分の詠唱を同時に行わなければできない芸当を、イアンノーネが体内に魔術武器を埋め込んで視覚と味覚と表情筋を失いながら何年も研鑽《けんさん》を積んでようやく手にした技術を、この女は生まれつき備わった魔力とセンスで何となくできるのであった。

そも、この『武技』を教えたのが、かつて魔術学園に講師として派遣された（当時は別名を名乗っていた）イアンノーネ自身であること、そして紅鷹《くおう》もまさか、ムドールの監査役員があの『武闘家の甘党おじいちゃん先生』であったとは思わなかったこと、船の上でお互いに「知らんぷり」を決め込んだこと、それらが結果的に効を奏したことは言うまでもなく、そしてもちろん、そんなことをバンソロミューは知る由《よし》もない。

彼はただ、三人が風のように動き、部下を一人ずつ『木っ端微塵《こっぱみじん》』にしていく様子を、呆然と眺めているしかない。

——なんなのだ、コイツらは……！

☆

「青年、ジャミングの方は？」

「ふんふふーん♪　ああ——ご安心を♪　そろそろ終わるでしょう♪」

両手を優雅に振りながら、まるでオーケストラを指揮するように、ユージンが答える。

解《げ》せぬ、とイアンノーネは思う。

いくらジャミングの発生場所がわかったとしても、魔石《あれ》を壊すには相当な破壊力が必要なはずだ。かの少年は見たところ殺人技術には長《た》けていたが、学園の卒業生ではなさそうだし、魔力量も乏《とぼ》しく、単純な破壊力の面では期待できないように思えた。まして今は、魔術武器がないのだ。

だが、この青年が信頼を込めてそう言うのならば、間違いはないのだろう。

「お任せするとしよう」

誰かに背中を預けるのは久方ぶりだな、と監査役員は心中で笑った。

☆

通信攪乱《ジャミング》の魔石を斬るために、ナインは船底へと向かっていた。

天雪《てんせつ》で視《み》える『気持ち悪いぐじゃぐじゃっとした』線が、船の下層部に集中しているからだ。

途中、立ちはだかってきた敵兵をペーパーナイフで難なく始末し、持っていたショートソードを拝借しつつ、さらに奥へ奥へと進む。

と、上の方からまた「ぱぁん！」という音が聞こえた。あの監査役員が、敵を倒しているのだろう。さっきから何度も聞こえる。

ん？　とナインは思う。甲板から海へ吹っ飛ばされてどうして壁にぶつかるんだ？　明らかに船の外から聞こえる音もあるぞ。

先ほどの『線』の流れを思い出す。監査役員のお腹《なか》の辺りに、ぐるぐると螺旋《らせん》状の魔力が集束して、それが一気に敵の体内にぶつけられた。敵はあのぐるぐるに引っ張られるように回転しながら吹っ飛ばされるのだ。

ああ、そうか、とナインは理解した。

つまり、さっきのアレは。

壁に激突して潰《つぶ》れたわけではなく。

あのぐるぐるした魔力が敵の内部で爆発して飛び散った、ということか。

——世の中には、凄《すご》い人がいるなぁ。怖っ……。

と、ナインは自分のことを棚に上げて思った。

そういえば、さっき二手に分かれる時に、あのおじさんに訊《き》かれた。

「まるで先が視えているような動きだったが、あれは何かね?」

ナインも、おじさんに訊いてみた。

「お腹のぐるぐるを相手に叩きつけるあれ、何なんですか?」

二人は答える。ちょっと得意げに。

「剣術です!」

「武術だよ」

仲良くなれるかもしれない、と思った。

思いつつ、ドアを開けた。

「にゃおう」

「うん、アレだね」

一辺五メートルほどもある巨大な魔石。
通信攪乱《ジャミング》の元だ。
いやもう、大きすぎて石というより、岩だった。
イアンノーネをして『破壊力が必要』と言わしめたその岩を、
「えい」
ナインはショートソードですっぱりと真っ二つにした。

第十八話　きみたちの方がよほど恐ろしい

通信攪乱《ジャミング》が切れると同時に、船の直上に何かが落ちてきた。

光の玉である。

ユージンたちに射撃を続けていた兵士たちが、思わず頭上を見た。

それが、最後に見たものとなった。

きゅどどどどどどどどどどどどどっ！

光の玉は弾《はじ》けると、拡散し、兵士たちのもとへ降り注ぐ。雨、というよりは、『傘の骨』に似た軌道だった。

より正確に言えば、それは『誘導榴散弾《ゆうどうりゅうさんだん》』である。

船の真上で弾けた光の玉は、誘導性を持って敵兵士へ落下、着弾していく。彼らがひぃひぃ言いながら撃っていた魔力消費の大きな一二ミリ光弾を、大量に、同時に、寸分の狂いもなく放ったのであった。ダリアほどではないが、それでもS級魔術師の魔力量はけた違いである。

撃ったのはもちろん、

『はい、おしまい♪』

後方で監視を続けていたリンダだ。通信攪乱《ジャミング》が消えれば誘導も可能になる。あとは、照準をつけていた敵兵を仕留《しと》めるだけだ。

敵は完全に沈黙した。

『あー、あー、ユージン、ダリア、聞こえる?』

二人の耳元に援護術師の声が聞こえる。

「良好だ。見事な制圧射撃だった」「ナイスだリンダ」

『通信攪乱《ジャミング》が切れたおかげでね』

「ああ、彼は首尾よくやってくれたようだな」「さすがナインくんだ」

『いやー、良かったわよー。アレ使わないで。私の魔力が空っぽになっちゃうところだった』

バリスタのことだろう。

「以前、〝竜〟を相手に使用したときは、一週間ほど寝込んだものな」

『ダリアを看病で独り占めできたのは良かったけどねー。さすがに〝竜〟相手じゃないのに使いたくはないわねー』

「あの時はけっこう心配したんだぞ」

と、口を尖《とが》らせるダリア。

ユージンが苦笑して、

「では、俺たちの武器を貰《もら》おうか」

『もうやってるよー、はい』

言うが早いが、ずがが っ、と空から三つの武器が落ちてきて、甲板《かんぱん》に刺さる。

一つはナインの黒い刀。彼が父から聞いた銘《めい》は『黒虹《こくこう》』。

一つは持ち主の背丈《せたけ》を超える長い杖《つえ》。ユージンの『竜殺神杖《りゅうさつしんじょう》【天】』。

最後は至極《しごく》の名剣・ダリアの竜殺大剣《りゅうさつたいけん》【花炎《かえん》】だ。

監査前にタンミワ側へ預けていた武器は、奴らによって海に捨てられた。だがリンダが予《あらかじ》め、魔術印をつけていたのだ。これによりユージンたちのもとへ戻るよう飛翔・誘導されたのだった。通信攪乱《ジャミング》が切れたからこそ可能な芸当である。

ユージンは自分の杖を握ると、防御結界を解く。杖との魔術的な回線を繋《つな》ぎ直した時点で、自動防御が働くようになるからだ。先ほどまで歌っていた呪文と同程度の防御魔術が、彼と味方への不意打ちを防ぐだろう。

このように。

――ばちゅん、とユージンの背中へ撃たれた矢が、結界によって弾《はじ》かれた。

「ちゃんと、生き残りましたね」

ユージンは、うんうんと頷《うなず》きながら振り返る。

自前の防御魔術で誘導榴散弾《ゆうどうりゅうさんだん》から身を守ったバンソロミューが、部下のクロスボウを構えていた。

☆

「領主を逃がしたようだが――」

バンソロミューへ、淡々とユージンは告げる。

「あなたはおとなしく捕縛されなさい。もう十分でしょう？」

イアンノーネとダリアが、一歩、前に出た。

五〇キロ先の彼方《かなた》では、使い魔を経由して、リンダがいつでも撃てるよう照準を定めている。

「貴様ら……！　この、化け物どもめ……！」

バンソロミューはクロスボウを捨てる。代わりに取り出したのは、魔石。

「――化け物には、化け物だ！」

奴が掲《かか》げた魔石が輝く。ばちゅん、と同時にその右手が千切れ飛んだ。リンダが撃ったのだ。光に迫る速度で放たれる矢は、ほぼタイムラグなしで標的を捉《とら》える。バンソロミューが悲鳴を上げた。

「あぎゃあああっ!?」

しかし、右手ごと落ちた魔石は輝きを失わない。

「――召喚魔術か」

ユージンの呟《つぶや》きの直後、船を大きく揺らしながら、巨大な影が浮上する。

でかい、イカだった。

イアンノーネが「ほ」という声を出した。

リンダが呆《あき》れながら、

『ピエロッタの話じゃ「俺たちは対人において最強！」って言ってたんでしょ？　そいつ。なのにモンスターが切り札なの？』

ユージンは、右手を押さえて膝《ひざ》をつくバンソロミューを冷静に見下ろして、

「最後に頼るものは、これだけか？」

「…………っ！」

バンソロミューは、ぎくり、とした顔をする。


ざばああああああああああっ！


でかいイカが触腕《しょくわん》を伸ばす。船をぎしぎしと締め上げ――る前に空から落ちてきた赤い隕石《いんせき》がイカを真っ二つに引き裂いた。ダリアだ。モンスターが現れたと同時に跳躍していたらしい。

考える前に動く女だった。

ざばあああああああああああああっ！

大剣によって斬られたイカが綺麗に裂けながら、海に沈み、そして霧《きり》に還《かえ》っていく。

一瞬で出てきて一瞬で引っ込んでいった。

『……王都遊園地《ワンダーランド》のアトラクションみたいだったわね』

まるで散歩してきたかのように何事もなく船に着地したダリアがユージンに、

「殺しちゃまずかったか？」

「いや全然平気」

「ところでナインくんはまだ戻ってこないのか？」

きょろきょろするダリアの横で、ユージンがバンソロミューを見下ろす。

「次は？　今のが最後じゃないんだろう？」

「もう遅い！　お前たちの負けだ！」

港全体を囲うような薄い光の膜が張られた。最後の策を発動させた親衛隊長が高々と笑う。

「くはははは！　港を丸ごと爆破する魔術を起動した！　証拠は何もかも吹っ飛ぶ！　俺はここで死ぬだろう！　だが！　あの方は必ず再起する！　俺はその礎《いしずえ》となるのだ！　お前らも俺と一緒にくたばりやがれ!!」

その雄叫《おたけ》びをまるっと無視しているユージンが頭上の膜を見て、

「ああ。やはり連鎖反応するタイプだ。――え、もう斬ったのか？　はは、相変わらず凄《すご》いなきみは」

誰かに話しかけている。通信魔術《コール》だ。バンソロミューが眉をひそめる。

「……なにを言って」

光の膜がぱりん、と四散した。爆破魔術が消え去ったのだ。

「な、な、なななななななな――なんで!?!?」

「さすが親衛隊長。主《あるじ》に反応がそっくりだな。いやまあ、俺も同じような心境ではあるが」

「どう、やったのだ……。偽装魔術といい、通信攪乱《ジャミング》といい、今の爆破魔術といい、どれも簡単に破れるはずがないのに……」

ユージンが片眉を上げる。

「剣術だよ」

まだ戻ってきていない彼の代わりに、決め台詞《ぜりふ》を言っておいた。

☆

「――よっと」

船のへりに手をかけて、ナインがよじ登ってきた。

船内の通信攪乱魔石《ジャミング》を斬り、そのついでに爆破魔術も斬ってきた、黒猫の剣士である。

「なおーう」

「ユージンさん、ただいま戻りまし――ぶをう」

「ナインくん無事だったか!?」

ダリアが抱きついてきた。まだ鎧を着ていない、ダリアの柔らかいものがもろに顔に当たる。

身長差があるせいで、谷間に顔面が挟まれる。息ができない。

「良かった、無事で……。いや、きみのことはまったく心配していなかったけど、本当は私も一緒に行きたくて……。あ、通信攪乱《ジャミング》斬ってくれてありがとう！」

「おぶぶぶぶ……！」

リンダがうんざりと、

『敵地のど真ん中でいちゃいちゃするのやめてくんない？』

ユージンが静かに、

「ダリアくん。ナインくんが苦しそうだ。あとできれば、時と場所を弁《わきま》えてほしい。いくら戦闘後で気分が高揚《こうよう》しているとはいえ」

「あ」

「ぶ」

ナインを抱きしめていたことに気がついたダリアが、ぱっとナインを離した。顔を真っ赤にして、そこまで離れなくてもいいのにとナインが思うほど距離を取る。

「ご、ごめんなさい……」

「い、いえ……」

恥ずかしそうにもじもじするダリアとナイン。

「ふふ。若人《わこうど》は良い」

「いつもはこんなはしたないことはしないぞ！　監査役員どの！」

「なに、老骨の目を気にすることはない。恋人との再会の幸せを噛みしめると良い」

恋人ではないんだがそれはあんまり否定したくないなぁ！　と思っていそうなダリアが、顔を赤くしたまま両手を上下に振って「うう～」と呻《うめ》いた。

「では、こやつはこちらで預かろう」

「へぶっ!?」

イアンノーネは、がっくりと肩を落として戦意喪失していたバンソロミューに当て身を喰らわせ気絶させると、慣れた手つきで拘束した。

「罪人として処罰する。誰か一人は連れて帰らなければ、成果が目に見えないのでな」

ユージンがああ、と思い出したように、

「みんな爆散させせましたもんね」

「怖っ……」
うっかりナインがこぼすと、監視役員は「ふ」と笑ったように息を吐き、
「――私には、きみたちの方がよほど恐ろしいがね」
武具なしで魔術を行使するユージンと、
武具なしで魔力を解放するダリアと、
五〇キロ先から正確に射撃するリンダと、
魔石も魔術も真っ二つにするナインを見て、そう言った。
港での戦闘は、これで終了のようだった。

☆

屋敷では、ピエロッタがタンミワを拘束していた。このまま王国政府に引き渡すつもりだ。ギルドに麻薬を流していた重罪人として、処罰されるだろう。

「わしを捕まえたつもりか！　ふははは、馬鹿め！　〝竜〟を倒した勇者だと？　そんなもの、政治《われわれ》の世界では何の脅《おど》しにもならんわ！」

そう言っていたタンミワ卿《きょう》だったが、

「そ、そんな……！　な、なぜノヴァンノーヴェの王子がギルドに……!?」

ムドール国王の前に引き出され、弁明をしようとあらゆる言葉を並べ立てているとき、『正装』で現れたユージンを見て、何もかもを悟った。

終わった、と。

後日、彼は処刑されることに決まった。


しかし問題は残る。

自国の大貴族であり領主であったタンミワが麻薬組織の元締めだったことについて、ムドール王国はギルドへ対し、莫大《ばくだい》な慰謝料を払うことになったのだ。

タンミワの領地と財産は没収された。

ぜんぜん足りなかった。

他の貴族たちは、自分たちにまで被害が及んではならないと、徹底的にタンミワ側から搾《しぼ》り取るべきだと主張した。

一番主張する声がでかかったのがエンリコの父親であったことは、明記しておく。

そして——。

ベーベルの街。

「なっ――領地没収とはどういうことだ！」

アイラスがエンリコと酒場で会ってから、一週間後。

アイラスの滞在している宿に、彼の母国から執行役人が王国兵士を連れて訪れた。その『イーアン』と名乗った執行役人は、いかにも文官らしくひ弱そうな、細長い眼鏡をかけていて、神経質そうで、皺《しわ》も汚れもない制服をぴちっと着た、やけに姿勢が良い、初老の男だった。

「タンミワ卿《きょう》は――」

執行役人が静かに告げる。

「違法な魔術薬草を栽培・売買していた罪で、拘束された。罰金及び王国への賠償金《ばいしょうきん》として×××××××××マクルを徴収される」

莫大《ばくだい》な金額だった。いくらあの父親でも、とてもじゃないが払え切れないだろう。

「タンミワ卿の領地は没収となった。しかし――不足分がある」

執行役人は、王国政府からの命《めい》を受け、タンミワ領を没収した。それでも足りないので、アイラスから徴収しようと、このベーベルまでやってきたのであった。

「ご子息であるアイラス殿、またその婚約者であるお二人に、残額の支払い義務が課せられている」

淡々と報告をする執行役人に、アイラスは声を荒らげる。

「ふっ、ふざけるなっ！　そんなことが承知できるか！　父に、父に会わせろ！」

「卿は現在、収監中だ」

「なっ、なっ、なっ……！」

「また、タンミワ卿が徹底抗戦した上、逃亡を図ったため、ご子息であるあなたも拘束させていただく。そちらの女性お二人も」

こうなった時、貴族というのはどこまでも食い物にされる。他の貴族にだ。

恐らく彼女たちは賠償金の足しとするため、娼婦として死ぬまで働かされるだろう。

それを悟った二人は——

「ま、待ってください！　私は違います！　ただのパーティの一員です！」

「そうだ！　私だって違う！　誰がこんな男の妻であるものか！」

手のひらを返した。

「お、お前たち！　毎夜毎夜、俺に言っていたことは嘘だったのか！　どこまでもお供しますと話していたではないか!!」

金切《かなき》り声を上げるアイラスを、しかし二人は冷たく罵《ののし》る。

「そんなこと言った覚えはねぇよ！　私の忠告を無視していつまでも帰らないからだこのクズ！」

「私があれだけ苦労したっていうのに……！　このクソ貴族が！　一人で地獄に落ちろ！」

「な、な、なっ……！　そんな、お前たち……！」

しかし執行役人は、

「残念だが、あなた方お二人がアイラス殿と婚約していたことは、証拠として揃《そろ》っている。おとなしく拘束されなさい」

「そんな証拠がどこにあるのよ！」

「そうだ！　私はこいつに指輪の一つだって貰《もら》っちゃいねぇ！」

「これだ」

と、音声記録《レコード》の魔術を封印した魔石を取り出した。魔術を行使すると、「アイラスと結婚の約束をしている」「いつか彼の領地に連れてってもらえる」と話す二人の声が解放された。

「こ、これっ……！」

「あのときの……エンリコ、エンリコのっ……！」

そう、貴族エンリコのもとで夜伽をした際に交わした会話だった。

他人の女を寝取る趣味があるエンリコは、アイラスの取り巻き二人を金で釣り、その肉体を味わいつつ、いざという時タンミワの領地を掠《かす》め取るためのネタも集めていたのだった。

「それは嘘です！　魔術で加工されたものです！　私の声ではありません！」

「そうです！　私は何も知らない！　だから、お助けください！　見逃して！」

無駄だった。

女二人は拘束され、ぎゃあぎゃあ喚《わめ》きながら連行されていった。


「お、俺はどうなるんだ……？」

女たちとは別の馬車に放り込まれたアイラスは、震えながら執行役人に尋《たず》ねる。

「彼女たちと同じ運命か、一生牢獄の中か、王のご判断に委《ゆだ》ねられる」

貴族に男色家が多いのはよく聞く話だった。顔だけはいいアイラスは、さぞ『人気』が出るだろうと予想された。

「牢獄の方がマシだ……」

「しかし、その前に」

何もかもを諦《あきら》めたアイラスに、執行役人は光明《こうみよう》を指し示す。

「ご子息であるあなたには、一時拘束後、一定の猶予《ゆうよ》期間が与えられる。その間に罰金及び賠償金を用立てられれば、お父上以外のお母上、ご姉妹、ご兄弟、そして婚約者のお二人も揃って解放となる」

一家全員捕まってしまったらしい。

父が違法な魔術薬草による利益で貴族としての地歩を固めてきたのは知っていた。だが、ここまで致命的な状況に陥《おちい》るとはとても考えられなかった。あの父は抜け目なく、狡猾《こうかつ》で、人一倍用心深かった。

ギルドにも手を回し、護衛や偽装にも一流の魔術師をつけていたはずだ。それを突破されるなど、有り得ないことだった。

紅鷹《くおう》が対竜で最強ならば、父の創設した親衛隊は対人で最強の魔術師たちだった。そのはずなのに。

……まさか、アイラスは思いもしない。

その父の親衛隊の結界が、ナインによって破られたことに。

己《おのれ》がないがしろにした少年が、巡り巡って己を破滅に追いやっていることに。

いうなれば――因果応報《いんがおうほう》なのであった。

耄碌《もうろく》したか、父よ――とアイラスは手錠で拘束された手で頭を抱《かか》える。自分がそもそもの原因であることを知らずに。

「アイラス殿。返済の当てはあるかな？」

あるわけがない。執行役人もわかっていて訊《き》いているに違いない。

ちら、と馬車の扉を見る。鍵はかけられ、窓には鉄格子《ごうし》が嵌《は》まっている。この執行役人は何とかなるだろうが、外には屈強な王国兵士が警戒している。

とても、逃げられなかった。

しかし、こう言うしかなかった。

「返済の当て？　ふん。もちろん、あるとも」

「ほ、お聞かせ願えるかな？」

「ダンジョンで、ボスを倒せば――」

「エビル・トロール一体を倒したところで、得られる魔石では到底足りんが」

そこで、天啓《てんけい》が閃《ひらめ》いた。

腐っても貴族である。当代で敗北こそ喫したものの、権謀術数《けんぼうじゅつすう》ひしめく社交界で何代にも渡って生き延びてきた家系の血が、アイラスに窮余《きゅうよ》の一策を思いつかせた。

「……〝竜〟ならどうだ」

「ほう？」

「俺の元の仲間に、〝竜〟を倒した魔術師がいる。そいつに戻ってきてもらう」

執行役人は顎《あご》に手を当てて、

「〝竜〟が落とすという『竜煌石《りゅうこうせき》』、それに討伐報奨金《とうばつほうしょうきん》も併《あわ》せれば、確かに足りる」

「そうだろう？　だから、当てはある。俺を解放しろ。あの女たちもだ」

「彼女たちも？」

「あの女たちはアイツと仲が良かった。連れて帰るには必要だ」

真っ赤な嘘である。

アイラスとしては、要求を重ねることで、一つ目の要求を通しやすくしているのであった。別に女たちがどうなろうが構わない。ただ自分が自由になれば良い。もし万が一解放されたら、あの女たちを使って『無能《ナイン》』を誘惑させるつもりだが、そこまで上手《うま》くことは運ばないだろう。

しかし、執行役人は頷《うなず》いた。

「良いだろう。彼女らも解放しよう」

「…………」

じっと執行役人を見るアイラスは思った。こいつ馬鹿だ。いや、俺が天才過ぎるのか？

「期限は二週間。その間、監視はつくので、そのつもりで」

「好きにしろ」

そうしてアイラスは馬車から降ろされた。監視が二人つくものの、ひとまずは自由の身だ。女たちも解放されるというし、自分に感謝してむせび泣くだろう。まずはお仕置きだ。先ほど口にしたことを謝らせ、今夜はたっぷりと可愛がってやる。

「くっくっく……」

アイラスには、自信があった。

自分はこの状況をひっくり返せる。それどころか、大陸中で崇《あが》められるようになる。

アイラスには、確信があった。

あの無能は自分を『恩人』だと思っている。真実は違うが、そんなことはどうでもいい。紅《く》鷹《おう》に認められた前衛《アタッカー》が、再び自分のモノになる。

そう、真実は違うのだ。

アイラスは恩人でも何でもない。

なぜならば、ナインは『無能』などではないのだから。

ナインはFではなく、E級相当の魔力の持ち主である。

だから本来なら、アイラス以外にもパーティを組む相手はいたのだ。もちろん大規模な魔術は使えない。紅鷹《くおう》の足元にも及ばない。

しかし、何もできないわけではない。このベーベルには、ナインと同等の魔力量でも活躍している冒険者はいる。

あの魔力測定は、アイラスの父親がギルド・ベーベル支部の支部長に金を渡し、騙《だま》しやすそうな誰かを魔力ゼロ判定にして、『都合の良い奴隷／召使』として息子に宛《あ》てがうための不正行為だったのだ。

もちろん、そのことをナインは知らない。

彼はアイラスのことを、『無能』である自分を拾ってくれた『恩人』だと信じている。

だからこそ、アイラスには確信があった。

――奴が辞《や》めたのはあの猫畜生を蹴ったからだ……。腹立たしいが、俺が謝罪すればころっと戻ってくるに違いない。加えて、女たちを抱かせ、報酬も払うと言いくるめればいい……。

完璧だ、とアイラスはほくそ笑む。

ギルドに用事があるとかで、ナインはベーベルの街に戻ってきているという。

――天は俺に味方をした。

まずナインを引き戻す。そして〝竜〟を倒させる。自分の手柄にする。自分は釈放され、勇者と崇められる。

完璧すぎる、とアイラスの笑みはより大きくなる。

「ふふふ……くっ……くくく……くはははははっ！　はーっはっはっはっは!!」

☆

「ふふふ……？　支部長？　これは、どういうことかな……？」

ちょうどそのころ。

ギルドでは、ナインの再魔力測定が行われていた。その結果――。

「待ってくれ、何かの間違いなんだ！　違う、俺は悪くない！　すべてアイラスの――！」

「お話はギルド本部で聞きましょう。タンミワ卿から受け取っていた麻薬の件も含めてね」

「そこまで調べが……!? いや、違う、違うんだ！　放してくれぇえ！」

ギルド・ベーベル支部長の不正が発覚。さらに、タンミワから受け取った賄賂《わいろ》と麻薬密輸の罪で、彼はのちに監獄送りとなった。

天はアイラスを見放したのであった。

とっくの昔に。

☆

「俺が悪かった！」

「「お願い、戻ってきて！」」

魔力測定を終えたナインがギルドから出ると、アイラスとその取り巻き（だった）女二人が地面に頭と膝《ひざ》をついていた。唐突の土下座。つい数日前とはまるで逆転したその状況に、ナインは困惑《こんわく》する。

このひとたち、ひょっとしてまだ、自分が助かると思ってるんじゃないか――と。

「えーと……」

アイラスが顔を上げて、

「貴様……いやお前……いや、きみの大切なお猫様を蹴ったことは、この通り謝る！　だから戻ってきてくれ！」

「もし戻ってきてくれたら……」

「私たちのこと、好きにしても、いいよ……？」

「あーっと……」

ナインが頬を掻きながら、いちおう訊いてみる。

「それって、エヌのことだけについての、謝罪ですよね……？」

「？　そうだが……。いや！　これまできみを雑用係として使っていたことも謝る！　それでいいか？」

「いや、僕の魔力値のこととかって……」

アイラスが遮《さえぎ》る。

「そのことか！　きみが『無能』でありながら我がパーティに加えたこと、それ自体は決して間違いではなかったと今ならわかる！」

女も同調した。

「そう！　無能なのに、拾ってあげたこと！」

「そうとも！　きみは魔力ゼロの無能だったが、決して役立たずではなかった！」

どうやら何の反省もしちゃいないらしい。

そしてまだ、ナインが騙されているると思っているらしい。

「……僕、無能じゃないですよね？」

「え？　いやお前は無能だが？　だって魔力ゼロだし……」

「でもね？　あんたの剣術？　はすごいと思うのよ？」

「そうとも！　きみは魔力ゼロの無能だが、決して役立たずではない！」

困った。話が通じない。

「いや、そうじゃなくて……」

「じゃあなんなんだ！　俺がこんなに頭を下げてるのに！　だだをこねるのもいい加減にして、さっさと戻ってこないか！　こいつらを抱かせてやると言っているだろう！　いったい何が不満なんだ！」

その態度だよ。

「実はいま、ギルドで魔力を再測定しました」

「……………は？」

「僕、F級じゃなくて、E級だそうですね？」

「……………へ？」

「それを、魔力ゼロの『無能』だって、ギルドの支部長にお金を渡して騙したそうですね？」

「……………いや、そうじゃなくてさ」

アイラスは、立ち上がって、キレた。

「お前、なに勝手に魔力測定してんの？」

「貴様の許可などいらんわぁぁぁぁぁぁぁぁぁぁぁ！！！！」

横から飛び出してきたダリアがキレながらアイラスの顔面を思いっきりぶん殴《なぐ》った。

「は、ダリアさん！」

「は、しまったつい！」

アイラスは死んだ。

いやぎりぎり生きている。まだ辛《かろ》うじて息がある。泡吹いてぴくぴくしてるけど。むしろあのダリアが思いっきり殴って原型をとどめている方が奇跡だ。アイラスが「討伐に行くのなら」と執行役人から返却された魔道鎧《よろい》を着ていたおかげだろう。あるいは、ダリアもぎりぎりで理性を取り戻して手加減したのかもしれない。

ダリアの後ろからてくてくと歩いてきたユージンが再生魔術をかけて、アイラスは目を覚ました。首が変な方向に曲がったままのように見えるのはナインの気のせいだろうか。

「はっ、俺は何を……？　あ、無能」

「まだ言うか貴様」

もう一発ダリアが殴った。今度はボディにした。アイラスが苦しそうにゲロを吐いた。

「おげぇぇえ⁉　な、なんで……？」

腹を押さえて地面にうずくまるアイラスをナインが見下ろす。

可哀想なモノを見る目で。

心の底から同情して。

「そういうわけなんで、もう遅いんです……。何もかも……。今さら謝られても、僕が許すかどうとかじゃなくて、手遅れなんです。あなたは監獄に入って、死ぬまで出てこられません……。可哀想に……」

永遠の別れを告げる。

「じゃあ、その……お元気で……」

「おげぇ……ま、まってぇ……だのむ、まってぐれぇ……！」

待たない。

アイラスは、自分の吐瀉物《としゃぶつ》のなかで、自分が騙し、奴隷扱いした少年に手を伸ばしている。

その手を掴んだ者がいた。

執行役人だった。

「では、行こうか」

「まっ、まって、ぢがう、おではまだ……まだぁぁあああああああ……！」

執行役人の後ろから兵士がやってきて、女たちも立ち上がらせられる。

「ま、待って！　無能くん！　お願いだから、私を見捨てないで！」

「私のことを好きにしても構わない！　だから許してぇぇぇ！」

兵士に拘束されて馬車に連れていかれるアイラスと女たちの泣き叫ぶ声が、いつまでも響いていた……。


その後、彼らを見た者は、ベーベルにはいなかった。

女たちは娼館で数年に渡り働かされた後、体調を崩し、いつの間にか客の前に姿を見せなくなったという。逃げたのか、あるいは……。

アイラスに関しては、収監先の監獄で男色家の囚人と看守にたっぷり可愛がられたという噂も流れたが、こちらも定かではない。彼の命と尻に祈りを捧《ささ》げる。

リンダがギルドの建物を見上げて、

「あとは――ギルドをお掃除すれば、終わりかな」

賄賂を受け取ったギルド職員たちと、麻薬を流したギルド職員たちと、いま現在も薬物を所持・使用しているギルド職員たちを、全員見つけ出して処罰する――。

それが実に大変で、面倒くさくて、時間とお金と労力がかかったのかは、『ピエロッタが本気で泣きを入れてきた』という事実を以《もっ》て、想像していただくとする。

ナインの元パーティ離脱に端を発し、大陸冒険者ギルドに巣食う害虫駆除に至ったこの事件は、終わりを見せようとしている、

はずだった。

☆

数日後。

ユージンの屋敷。

「ハーイ！　ピエロ参上だよーーーー!!　もうめっちゃ疲れたーーーーー!!　特別報酬《ボーナス》を要求しまーーーーーす!!!」

「うるさい」

ユージンが咎《とが》めつつ、尋ねる。

「ボーナスは考えておく。なにかわかったか？」

「麻薬の製造元、それと――ナインくんの身元調査だね。完璧さ☆」

パーティの一員にするなら身元調査くらいするのは当然と言えた。それも、あんなわけのわからない剣術使うわけだし。ピエロッタもなんか近い『匂《にお》い』を感じているらしいし。

「とりあえず麻薬は、かなーりヤバいところ。突っつくと……〝竜〟が出そう」

「それを言うなら蛇じゃないのか」

「で、ナインくんだけど――」

ピエロッタが、にたぁりと笑って、

「彼、捨て子だったよぉ☆」

☆　黒猫の瞳

同じころ。

ナインの肩の上で。

何もかもを知っているはずの、黒猫エヌが、にゃあと鳴いた。

その意味は、誰にもわからなかった。

少年は思いもしない。黒猫の金色の瞳が、誰を恐れているかなど。

少年は知りもしない。己を捨てた張本人の、その恐るべき正体を――。

あとがき

初めまして、こんにちは、妹尾尻尾《せのおしっぽ》と申します。

本作は、小説投稿サイト「小説家になろう」様および「カクヨム」様にて2020年11月20日に連載を開始した『黒猫の剣士　～魔術を斬る剣術でパーティに貢献してたけど、魔力ゼロで『無能』扱い。我慢の限界で辞めてみたら、S級パーティに即スカウトされました。彼らと頂点を目指すので、今さら謝られても「もう遅い」です～』を、改稿・改題し、書籍化したものとなります。

書籍化に際し、長かったタイトルも短めにしました。これでも短くなったのです。

集英社ダッシュエックス文庫様では、妹尾の3シリーズ目となります。同レーベル新人賞受賞作である『終末の魔女ですけどお兄ちゃんに二回も恋をするのはおかしいですか？』および2シリーズ目『遊び人は賢者に転職できるって知ってました？』をお読みになった方はお久しぶりです。その節はお世話になりました。今回もお楽しみ頂けたなら幸いです。

今作は、『無能』と蔑《さげす》まれ、上司に理不尽な仕打ちを受けていた少年が、「こんなところにいられるか！」とブラックな職場（パーティ）を辞めたら、即、ホワイトな一流企業（パーティ）にスカウトされるお話です。少年は魔術が使えないものの、剣術の腕は天下一品。そしてヒロインである最強の魔術師に勧誘され、彼女の仲間と共に強大な敵に立ち向かっていきます。

舞台は、拙作「遊び人」・「呼吸するだけでレベルアップ（双葉社）」と同じ世界の、別の大陸です。時間軸もやや違い、その二作の百年から千年前あたり（ざっくり大雑把）に設定しています。紅鷹《くおう》やピエロッタの遺《のこ》した影響――彼らの香りをなんとなく感じ取って貰えたら幸いです。

書いていて一番楽しいのはやっぱりバトルだな、と今回の執筆でよくよく思い知りました。剣術と魔術。さらにチーム戦術の組み合わせ。『地の文』が追い付けなくなるようなスピード感で展開される強敵との死闘！　……を表現できたらいいな、と思いながら筆を進めています。

イラストは、かの、石田《いしだ》あきら先生にお願い致しました。先生の描かれたラフには、イラストレーターさんならではの視点でたくさんのアイディアがあり、その多くを採用させて頂きました。魔道鎧《よろい》が魔力量によって光ったり、ダリアの大剣が花のように開くなど、文章屋の妹尾では思い付かないようなものばかりで、とても楽しく刺激的な改稿作業となりました。石田先生、本当にありがとうございました。

毎度のことですが、連載時に発見した反省点は、書籍版でなるべく改善するよう努力しました。すでにＷＥＢ版をお読みの方は、書籍版との差異もお楽しみ頂ければと思います。

最後に謝辞を。いつもお世話になっている編集の日比生《ひびう》さん、イラストの石田あきら先生、コミカライズ担当のそら蒼《あお》先生、営業さん、出版に関わってくださったすべての方々、「なろう」「カクヨム」の読者様、そして何よりも！　この本を手に取ってくれた皆様！　本当にありがとうございます！

また近いうちにお会いできることを祈っております。それまで皆様、どうぞお元気で。

妹尾尻尾

ダッシュエックス文庫

黒猫の剣士
～ブラックなパーティを辞めたらS級冒険者にスカウトされました。
今さら「戻ってきて」と言われても「もう遅い」です～

妹尾尻尾

2021年7月26日　第1刷発行

★定価はカバーに表示してあります

発行者　北畠輝幸
発行所　株式会社　集英社
〒101-8050　東京都千代田区一ツ橋2-5-10
03(3230)6229(編集)
03(3230)6393(販売／書店専用)　03(3230)6080(読者係)
印刷所　図書印刷株式会社

ISBN978-4-08-631429-9 C0193

遊び人は賢者に
主役は遊び人《オレ》!!!
遊び人は賢者に転職できるって知ってました？
～勇者パーティを追放されたLv99道化師、【大賢者】になる～
1
原作＝妹尾尻尾
漫画＝柚木ゆの
キャラクター原案＝TRY
ニコニコ漫画×水曜日はまったりダッシュエックスコミックで

ダッシュエックス文庫

【第5回集英社ライトノベル新人賞特別賞】
終末の魔女ですけど
お兄ちゃんに二回も恋をするのは
おかしいですか？
妹尾《せのお》尻尾《しっぽ》
イラスト／呉マサヒロ

終末の魔女ですけど
お兄ちゃんに二回も恋をするのは
おかしいですか？ 2
妹尾尻尾
イラスト／呉マサヒロ

遊び人は賢者に転職できるって
知ってました？
～勇者パーティを追放されたLv99道化師、
【大賢者】になる～
妹尾尻尾
イラスト／TRY

遊び人は賢者に転職できるって
知ってました？2
～勇者パーティを追放されたLv99道化師、
【大賢者】になる～
妹尾尻尾
イラスト／柚木ゆの

異形の敵と戦う魔女たちの魔力供給源は、大好きなお兄ちゃん。肉体的接触でしか魔力は回復できなくて…エロティックアクション！

事件解決後、一緒に暮らしていた紅葉と昴のもとに、三女・夕陽が押しかけ同居!? 爆乳姉妹に挟まれて、昴もついに限界突破か…？

様々なサポートに全く気付かれず、ついに勇者パーティから追放された道化師。道化をやめ、大賢者に転職して主役の人生を送る…!!

道化師から大賢者へ転職し、爆乳美少女2人と難攻不落のダンジョンへ！ だが彼らの前に、かつての勇者パーティーが現れて…？

劣等眼の転生魔術師4
～虐げられた元勇者は未来の世界を余裕で生き抜く～
柑橘ゆすら
イラスト／ミユキルリア

古代魔術研究会に入会し充実した生活を送るアベル。だが上級魔族が暗躍し、その矛先が夏合宿を満喫する研究会に向けられる…！

劣等眼の転生魔術師4.5
～虐げられた元勇者は未来の世界を余裕で生き抜く～
柑橘ゆすら
イラスト／ミユキルリア

転生前のアベルを描く公式スピンオフ前日譚。孤高にして敵なしの天才魔術師が立ち向かった事件とは!? 勇者たちとの出会い秘話も!!

劣等眼の転生魔術師5
～虐げられた元勇者は未来の世界を余裕で生き抜く～
柑橘ゆすら
イラスト／ミユキルリア

国内最高峰の魔術結社「クロノス」からスカウトを受けるも一蹴するアベル。一方、学生にとっての一大行事、修学旅行が始まって!?

史上最強の魔法剣士、Fランク冒険者に転生する
～剣聖と魔帝、2つの前世を持った男の英雄譚～
柑橘ゆすら
イラスト／青《あお》乃《の》下《しも》

その最強さゆえ人々から《化物》と蔑まれた勇者は再び転生。前世の最強スキルを持ったまま、最低ランクの冒険者となるのだが…？

ダッシュエックス文庫

史上最強の魔法剣士、Fランク冒険者に転生する2
～剣聖と魔帝、2つの前世を持った男の英雄譚～

柑橘ゆすら
イラスト／青乃《あおの》下《しも》

史上最強の魔法剣士、Fランク冒険者に転生する3
～剣聖と魔帝、2つの前世を持った男の英雄譚～

柑橘ゆすら
イラスト／青乃《あおの》下《しも》

史上最強の魔法剣士、Fランク冒険者に転生する4
～剣聖と魔帝、2つの前世を持った男の英雄譚～

柑橘ゆすら
イラスト／青乃《あおの》下《しも》

友達のお姉さんと陰キャが恋をするとどうなるのか？

おかゆまさき
キャラクター原案／長部トム
漫画／まめえ

ギルドの研修でBランクの教官を圧倒し、邪竜討伐クエストに参加したせいで有名人に！一方、転生前にいた組織が不穏な動きを…!?

かつての栄光を捨て駆け出し冒険者としてクエストをこなすユーリ。幼竜の捕獲にオーガ討伐…最強の実力を隠して異世界無双する！

昇級の提案を断って自由に冒険するユーリの周囲には仲間が増えていく。クエスト先の水の都で出会ったのはユーリの前世の恋人…!?

親友の家に遊びに行くたびお姉さんからイタズラを仕掛けられる原因は…？　超鈍感少年と素直になれないお姉さんの初心者恋愛物語。